U0055866

風雲時代

風雲時代

徐志摩作品精選 1

經典新版

翡冷翠山居閒話

徐志摩——著

《翡冷翠山居閒話》目次

散文篇

翡冷翠山居閒話 7
印度洋上的秋思 11
泰山日出 19
想飛 23
就使打破了頭，也還要保持我靈魂的自由 29
鬼話 33
我的祖母之死 39
北戴河海濱的幻想 55
濟慈的夜鶯歌 59
我的彼得 73
迎上前去 79

巴黎的鱗爪 85
契訶夫的墓園 103
吸煙與文化 109
落葉 113
山中來函 131
醜西湖 133
死城（北京的一晚） 139
義大利的天時小引 151
曼殊斐爾 153
泰戈爾 177
拜倫 185
丹農雪烏 199
羅曼羅蘭 217

詩歌篇

我有一個戀愛 227
為要尋一顆明星 229
她是睡著了 231
落葉小唱 235
雪花的快樂 237
翡冷翠的一夜 239
偶然 245
半夜深巷琵琶 247
再別康橋 249
我不知道風是在那一個方向吹 251
雲遊 253
拜獻 255

散文篇

散文篇

翡冷翠山居閒話

在這裡出門散步去，上山或是下山，在一個晴好的五月的向晚，正像是去赴一個美的宴會，比如去一果子園，那邊每株樹上都是滿掛著詩情最秀逸的果實，假如你單是站著看還不滿意時，只要你一伸手就可以採取，可以恣嘗鮮味，足夠你性靈的迷醉。陽光正好暖和，決不過暖；風息是溫馴的，而且往往因爲他是從繁花的山林裡吹度過來，他帶來一股幽遠的淡香，連著一息滋潤的水氣，摩挲著你的顏面，輕繞著你的肩腰，就這單純的呼吸已是無窮的愉快；空氣總是明淨的，近谷內不生煙，遠山上不起靄，那美秀風景的全部正像畫片似的展露在你的眼前，供你閒暇的鑒賞。

作客山中的妙處，尤在你永不須躊躇你的服色與體態；你不妨搖曳著一頭的蓬草，不妨縱容你滿腮的苔蘚；你愛穿什麼就穿什麼；扮一個牧童，扮一個漁翁，裝一個農夫，裝一個走江湖的桀卜閃①，裝一個獵戶；你再不必提心整理你的領結，你盡可以不用領結，給你的頸根與胸膛一半日的自由，你可以拿一條這邊顏色的長巾包在你的頭上，學一個太平軍的頭目，或是拜倫那埃及裝的姿態；但最要緊的是穿上你最舊的舊鞋，別管他模樣不佳，他們是頂可愛的好友，他們承著你的體重卻不叫你記起你還有一雙腳在你的底下。

這樣的玩頂好是不要約伴，我竟想嚴格的取締，只許你獨身；因爲有了伴多少總得叫你分心，尤其是年輕的女伴，那是最危險最專制不過的旅伴，你應得躲避她像你躲避青草裡一條美麗的花蛇！

平常我們從自己家裡走到朋友的家裡，或是我們執事的地方，那無非是在同一個大牢裡從一間獄室移到另一間獄室去，拘束永遠跟著我們，自由永遠尋不到我們；但在這春夏間美秀的山中或鄉間你要是有機會獨身閒逛時，那才是你福星高照的時候，那才是你實際領受，親口嘗味，自由與自在的時候，那才是你肉體與靈魂行動一致的時候。

朋友們，我們多長一歲年紀往往只是加重我們頭上的枷，加緊我們腳脛上的鏈，我們見小孩子在草裡在沙堆裡在淺水裡打滾作樂，或是看見小貓追他自己的尾巴，何嘗沒有羨慕的時候，但我們的枷，我們的鏈永遠是制定我們行動的上司！所以只有你單身奔赴大自然的懷抱時，像一個裸體的小孩撲入他母親的懷抱時，你才知道靈魂的愉快是怎樣的，單是活著的快樂是怎樣的，單就呼吸單就走道單就張眼看聳耳聽的幸福是怎樣的。因此你得嚴格的爲己，極端的自私，只許你，體魄與性靈，與自然同在一個脈搏裡跳動，同在一個音波裡起伏，同在一個神奇的宇宙裡自得。我們渾樸的天真是像含羞草似的嬌柔，一經同伴的抵觸，他就捲了起來，但在澄靜的日光下，和風中，他的姿態是自然的，他的生活是無阻礙的。

你一個人漫遊的時候，你就會在青草裡坐地仰臥，甚至有時打滾，因爲草的和暖的顏色自然的喚起你童稚的活潑；在靜僻的道上你就會不自主的狂舞，看著你自己的身影幻出種種詭異的變相，因爲道旁樹木的陰影在他們紆徐的婆娑裡暗示你舞蹈的快樂；你也會得信口的歌唱，偶爾記起斷片的音調，與你自己隨口的小曲，因爲樹林中的鶯燕告訴你春光是應得讚美的；更不必說你的胸襟自然會跟著漫長的山徑開拓，你的心地會看著澄藍的天空靜定，你的思想和著山壑間的水聲，山罅裡的泉響，有時一澄到底的清澈，有時激起成章的波動，流，流，流入涼爽的橄欖林中，流入嫵媚的阿諾河去……

並且你不但不須應伴，每逢這樣的遊行，你也不必帶書。書是理想的伴侶，但你應得帶書，是在火車上，在你住處的客室裡，不是在你獨身漫步的時候。什麼偉大的深沉的鼓舞的清明的優美的思想的根源不是可以在風籟中，雲彩裡，山勢與地形的起伏裡，花草的顏色與香息裡尋得？

自然是最偉大的一部書，歌德說，在他每一頁的字句裡我們讀得最深奧的消息。並且這書上的文字是人人懂得的；阿爾帕斯②與五老峰，雪西里③與普陀山，萊因河與揚子江，梨夢湖④與西子湖，建蘭與瓊花，杭州西溪的蘆雪與威尼市⑤夕照的紅潮，百靈與夜鶯，更不提一般黃的黃麥，一般紫的紫藤，一般青的青草同在大地上生長，同在和風中波動——他們應用的符號是永遠一致的，他們的意義是永遠明顯的，只要你自己心靈上不長瘡瘢，眼不盲，耳不塞，這無形跡的最高等教育便永遠是你的名分，這不取費的最珍貴的補劑便永遠供你的受用。

只要你認識了這一部書，你在這世界上寂寞時便不寂寞，窮困時不窮困，苦惱時有安慰，挫折時有鼓勵，軟弱時有督責，迷失時有南針。⑥

注釋

①吉普賽人。

②通譯阿爾卑斯，歐洲南部的山脈，有多處景色迷人的山口，為著名旅遊勝地。

③通譯西西里，地中海最大的島嶼，屬義大利。

④即日內瓦湖，在瑞士西南與法國東部邊境，是著名的風景區和療養地。

⑤通譯威尼斯，義大利東北部城市。

⑥即指南針。

印度洋上的秋思

昨夜中秋。黃昏時西天掛下一大簾的雲母屏，掩住了落日的光潮，將海天一體化成暗藍色，寂靜得如黑衣尼在聖座前默禱。過了一刻，即聽得船梢布篷上悉悉索索啜泣起來，低壓的雲夾著迷濛的雨色，將海線逼得像湖一般窄，沿邊的黑影，也辨認不出是山是雲，但涕淚的痕跡，卻滿布在空中水上。

又是一番秋意！那雨聲在急驟之中，有零落蕭疏的況味，連著陰沉的氣氳，只是在我靈魂的耳畔私語道：「秋」！我原來無歡的心境，抵禦不住那樣溫婉的浸潤，也就開放了春夏間所積受的秋思，和此時外來的怨艾構合，產出一個弱的嬰兒——「愁」。

天色早已沉黑，雨也已休止。但方才啜泣的雲，還疏鬆地幕在天空，只露著些慘白的微光，預告明月已經裝束齊整，專等開幕。同時船煙正在莽莽蒼蒼地吞吐，築成一座蟒鱗的長橋，直聯及西天盡處，和輪船泛出的一流翠波白沫，上下對照，留戀西來的蹤跡。

北天雲幕豁處，一顆鮮翠的明星，喜孜孜地先來問探消息，像新嫁媳的侍婢，也穿扮得遍體光豔。但新娘依然姍姍未出。

我小的時候，每於中秋夜，呆坐在樓窗外等看「月華」。若然天上有雲霧繚繞，我就替「亮晶晶的月亮」擔憂。若然見了魚鱗似的雲彩，我的小心就欣欣怡悅，默禱著月兒快些開花，因為我常聽人說只要有「瓦楞」雲，就有月華；但在月光放彩以前，我母親早已逼我去上床，所以月華只是我腦筋裏一個不曾實現的想像，直到如今。

現在天上砌滿了瓦楞雲彩，霎時間引起了我早年許多有趣的記憶——但我的純潔的童心，如今哪裏去了！

月光有一種神秘的引力。她能使海波咆哮，她能使悲緒生潮。月下的喟息可以結聚成山，月下的情淚可以培時百畝的畹蘭，千莖的紫琳耿。我疑悲哀是人類先天的遺傳，否則，何以我們幾年不知悲感的時期，有時對著一瀉的清輝，也往往凄心滴淚呢？

但我今夜卻不曾流淚。不是無淚可滴，也不是文明教育將我最純潔的本能鋤淨，卻爲是感覺了神聖的悲哀，將我理解的好奇心激動，想學契古特白登①來解剖這神秘的「眸冷骨累」。冷的智永遠是熱的情的死仇。他們不能相容的。

但在這樣浪漫的月夜，要來練習冷酷的分析，似乎不近人情，所以我的心機一轉，重復將鋒快的智力劇起，讓沉醉的情淚自然流轉，聽他產生什麼音樂，讓綣繾的詩魂漫自低迴，看他尋出什麼夢境。

明月正在雲岩中間，周圍有一圈黃色的彩暈，一陣陣的輕靄，在她面前扯過。海上幾百道起伏的銀溝，一齊在微叱凄其的音節，此外不受清輝的波域，在暗中墳墳漲落，不知是怨是慕。

我一面將自己一部分的情感，看入自然界的現象，一面拿著紙筆，癡望著月彩，想從她明潔的輝光裏，看出今夜地面上秋思的痕跡，希冀她們在我心裏，凝成高潔情緒的菁華。因爲她光明的捷足，今夜遍走天涯，人間的恩怨，哪一件不經過她的慧眼呢？

印度的Ganges（埂奇）河邊有一座小村落，村外一個榕絨密繡的湖邊，坐著一對情醉的男女，他們中間草地上放著一尊古銅香爐，燒著上品的水息，那溫柔婉戀的煙篆，沉馥香濃的熱氣，便是他們愛感的象徵——月光從雲端裏輕俯下來，在那女子胸前的珠串上，水息的煙尾上，印下一個慈吻，微哂，重復登上她的雲艇，上前駛去。

一家別院的樓上，窗簾不曾放下，幾枝肥滿的桐葉正在玻璃上搖曳鬥趣，月光窺見了窗內一張小蚊床上紫紗帳裏，安眠著一個安琪兒似的小孩，她輕輕挨進身去，在他溫軟的眼睫上，嫩桃似的腮上，撫摩了一會。又將她銀色的纖指，理齊了他臍圓的額髮，藹然微哂著，又回她的雲海去了。

一個失望的詩人，坐在河邊一塊石頭上，滿面寫著幽鬱的神情，他愛人的倩影，在他胸中像河水似的流動，他又不能在失望的渣滓裏榨出些微甘液，他張開兩手，仰著頭，讓大慈大悲的月光，那時正在過路，洗沐他淚腺濕腫的眼眶，他似乎感覺到清心的安慰，立即摸出一枝筆，在白衣襟上寫道：

月光，
　　你是失望兒的乳娘！

面海一座柴屋的窗櫺裏，望得見屋裏的內容：一張小桌上放著半塊麵包和幾條冷肉，晚餐的剩餘，窗前几上開著一本家用的《聖經》，爐架上兩座點著的燭台，不住地在流淚，旁邊坐著一個皺面駝腰的老婦人，兩眼半閉不閉地落在伏在她膝上悲泣的一個少婦，她的長裙散在地板上像一隻大花蝶。老婦人掉頭向窗外望，只見遠遠海濤起伏，和慈祥的月光在擁抱蜜吻，她嘆了聲氣向著斜照在《聖經》上的月彩囁道：

「真絕望了！真絕望了！」

她獨自在她精雅的書室裏，把燈火一齊熄了，倚在窗口一架藤椅上，月光從東牆肩上斜瀉下去，籠住她的全身，在花磚上幻出一個窈窕的倩影，她兩根垂辮的髮梢，她微澹的媚唇，和庭前幾莖高峙的玉蘭花，都在靜謐的月色中微顫，她加她的呼吸，吐出一股幽香，不但鄰近的花草，連月兒聞了，也禁不住迷醉，她腮邊天然的妙渦，已有好幾日不圓滿：她瘦損了。但她在想什麼呢？月光，你能否將我的夢魂帶去，放在離她三五尺的玉蘭花枝上。

威爾斯西境一座礦床附近，有三個工人，口銜著笨重的煙斗，在月光中間坐。他們所能想到的話都已講完，但這異樣的月彩，在他們對面的松林，左首的溪水上，平添了不可言語比說的嫵媚，惟有他們工餘倦極的眼珠不闔，彼此不約而同今晚較往常多抽了兩斗的煙，但他們礦火熏黑，煤塊擦黑的面容。表示他們心靈的薄弱，在享樂煙斗以外；雖然秋月溪聲的戟刺，也不能有精美情緒之反感。等月影移西一些，他們默默地撲出了一斗灰，起身進屋，各自登床睡去。月光從屋背飄眼望進去，只見他們都已睡熟；他們即使有夢，也無非礦內礦外的景色！

月光渡過了愛爾蘭海峽，爬上海爾佛林的高峰，正對著靜默的紅潭。潭水凝定得像一大塊冰，鐵青色。四圍斜坦的小峰，全都滿鋪著蟹青和蛋白色的岩片碎石，一株矮樹都沒有。沿潭間有些叢草，那全體形勢，正像一大青碗，現在滿盛了清潔的月輝，靜極了，草裏不聞蟲吟，水裏不聞魚躍；只有石縫裏潛澗瀝淅之聲，斷續地作響，彷彿一座大教堂裏點著一星小火，益發對照出靜穆寧寂的境界，月兒在鐵色的潭面上，倦倚了半晌，重復扱起她的銀舄，過山去了。

昨天船離了新加坡以後，方向從正東改爲東北，所以前幾天的船梢正對落日，此後「晚霞的工廠」漸漸移到我們船向的左手來了。

昨夜吃過晚飯上甲板的時候，船右一海銀波，在犀利之中涵有幽秘的彩色，淒清的表情，引起了我的凝視。那放銀光的圓球正掛在你頭上，如其起靠著船頭仰望。她今夜並不十分鮮豔：她精圓的芳容上似乎輕籠著一層藕灰色的薄紗；輕漾著一種悲喟的音調；輕染著幾痕淚化的霧靄。她並不十分鮮豔，然而她素潔溫柔的光線中，猶之少女淺藍妙眼的斜瞟；猶之春陽融解在山巔白雲反映的嫩色，含有不可解的迷力，媚態，世間凡具有感覺性的人，只要承沐著她的清輝，就發生也是不可理解的反應，引起隱復的內心境界的緊張，——像琴弦一樣，——人生最微妙的情緒，戟震生命所蘊藏高潔名貴創現的衝動。有時在心理狀態之前，或於同時，撼動軀體的組織，使感覺血液中突起冰流之冰流，嗅神經難禁之酸辛，內藏洶湧之跳動，淚腺之驟熱與潤濕。那就是秋月興起的秋思——愁。

昨晚的月色就是秋思的泉源，豈止，直是悲哀幽騷悱怨沉鬱的象徵，是季候運轉的偉劇中最神秘亦最自然的一幕，詩藝界最淒涼亦最微妙的一個消息。

今夜月明人盡望，不知秋思在誰家。

中國字形具有一種獨一的嫵媚，有幾個字的結構，我看來純是藝術家的匠心：這也是我們國粹之尤粹者之一。譬如「秋」字，已經是一個極美的字形；「愁」字更是文字史上有數的傑作；有石開湖暈，風掃松針的妙處，這一群點畫的配置，簡直經過柯羅的畫篆，米仡朗其羅②的雕圭，Chopin的神感；像——用一個科學的比喻——原子的結構，將旋轉宇宙的大力收縮成一個無形無蹤的電核；這十三筆造成的象徵，似乎是宇宙和人生悲慘的現象和經驗，吁喟和涕淚，所凝成最純粹精密的結晶，滿充了催迷的秘力。你若然有高蒂閒（Gautier）異超的知感性，定然可以夢到，愁字變形為秋霞黯綠色的通明寶玉，若用銀槌輕擊之，當吐銀色的幽咽電蛇似騰入雲天。

我並不是爲尋秋意而看月，更不是爲覓新愁而訪秋月；蓄意沉浸於悲哀的生活，是丹德③所不許的。我蓋見月而感秋色，因秋窗而拈新愁：人是一簇脆弱而富於反射性的神經！

我重復回到現實的景色，輕裹在雲錦之中的秋月，像一個遍體蒙紗的女郎，她那團圓清朗的外貌像新娘，但同時她冪弦的顏色，那是藕灰，她踟躕的行踵，掩泣的痕跡，又使人疑是送喪的麗姝。所以我曾說：

「秋月呀！
我不盼望你團圓。」

這是秋月的特色，不論她是懸在落日殘照邊的新鐮，與「黃昏曉」競豔的眉鉤，中宵斗沒西陲的金碗，星雲參差間的銀床，以至一輪腴滿的中秋，不論盈昃高下，總在原來澄爽明秋之中，遍灑著一種我只能稱之爲「悲哀的輕靄」，和「傳愁的以太」。即使你原來無愁，見此也禁不得沾染那「灰色的音調」，漸漸興感起來！

秋月呀！
誰禁得起銀指尖兒

浪漫地搔爬呵！

不信但看那一海的輕濤，可不是禁不住她玉指的撫摩，在那裏低徊飲泣呢！就是那

無聊的雲煙，

秋月的美滿，

熏暖了飄心冷眼，

也清冷地穿上了輕縞的衣裳，

來參與這

美滿的婚姻和喪禮。

十月六日志摩

注釋

①通譯夏多勃里昂（Chateaubriand，1768-1848），法國作家，著有《阿達拉》、《勒奈》等。

②通譯米開朗基羅（1475-1564），義大利文藝復興盛期的雕塑家、畫家。

③即但丁（1265-1321），義大利詩人，著有《神曲》等。

泰山日出

振鐸①來信要我在《小說月報》的「泰戈爾號」上說幾句話。我也曾答應了，但這一時遊濟南遊泰山遊孔陵，太樂了，一時竟拉不攏心思來做整篇的文字，一直挨到現在期限快到，只得勉強坐下來，把我想得到的話不整齊的寫出。

我們在泰山頂上看出太陽。在航過海的人，看太陽從地平線下爬上來，本不是奇事；而且我個人是曾飽飫過江海與印度洋無比的日彩的。但在高山頂上看日出，尤其在泰山頂上，我們無饜的好奇心，當然盼望一種特異的境界，與平原或海上不同的。果然，我們初起時，天還暗沉沉的，西方是一片的鐵青，東方些微有些白意，宇宙只是——如用舊詞形容——一體莽莽蒼蒼的。但這是我一面感覺勁烈的曉寒，一面睡眼不曾十分醒豁時的約略的印象。等到留心回覽時，我不由得大聲的狂叫——因為眼前只是一個見所未見的境界。原來昨夜整夜暴風的工程，卻砌成一座普遍的雲海。除了日觀峰與我們所在的玉皇頂以外，東西南北只是平鋪著瀰漫的雲氣，在朝旭未露前，宛似無量數厚毳長絨的綿羊，交頸接背的眠著，捲耳與彎角都依稀辨認得出。那時候在這茫茫的雲海中，我獨自站在霧靄溟濛的小島上，發生了奇異的幻想——

我軀體無限的長大，腳下的山巒比例我的身量，只是一塊拳石；這巨人披著散髮，長髮在風裡像一面墨色的大旗，颯颯的在飄蕩。這巨人豎立在大地的頂尖上，仰面向著東方，平拓著一雙長臂，在盼望，在迎接，在催促，在默默的叫喚；在崇拜，在祈禱，在流淚——在流久慕未見而將見悲喜交互的熱淚……

這淚不是空流的，這默禱不是不生顯應的。

巨人的手，指向著東方——

東方有的，在展露的，是什麼？

東方有的是瑰麗榮華的色彩，東方有的是偉大普照的光明——出現了，到了，在這裡了……

玫瑰汁、葡萄漿、紫荊液、瑪瑙精、霜楓葉——大量的染工，在層累的雲底工作；無數蜿蜒的魚龍，爬進了蒼白色的雲堆。

一方的異彩，揭去了滿天的睡意，喚醒了四隅的明霞——光明的神駒，在熱奮地馳騁……

雲海也活了；眠熟了獸形的濤瀾，又回復了偉大的呼嘯，昂頭搖尾的向著我們朝露染青饅形的小島沖洗，激起了四岸的水沫浪花，震盪著這生命的浮礁，似在報告光明與歡欣之臨蒞……

再看東方——海句力士已經掃蕩了他的阻礙，雀屏似的金霞，從無垠的肩上產生，展開在大地的邊沿。起……起……用力，用力，純焰的圓顱，一探再探的躍出了地平，翻登了雲背，臨照在天空

……

歌唱呀，讚美呀，這是東方之復活，這是光明的勝利……

散發禱祝的巨人，他的身彩橫亙在無邊的雲海上，已經漸漸的消翳在普遍的歡欣裡；現在他雄渾的頌美的歌聲，也已在霞彩變幻中，普徹了四方八隅……

聽呀，這普徹的歡聲；看呀，這普照的光明！

這是我此時回憶泰山日出時的幻想，亦是我想望泰戈爾來華的頌詞。

注釋

①即鄭振鐸（1898-1958），作家、編輯、文學活動家。他是文學研究會發起人之一，當時正主編《小說月報》。

想飛

假如這時候窗子外有雪——街上，城牆上，屋脊上，都是雪，胡同口一家屋簷下偎著一個戴黑帽兒的巡警，半攏著睡眼，看棉團似的雪花在半空中跳著玩……假如這夜是一個深極了的啊，不是壁上掛鐘的時針指示給我們看的深夜，這深就比是一個山洞的深，一個往下鑽螺旋形的山洞的深……

假如我能有這樣一個深夜，它那無底的陰森捻起我遍體的毫管；再能有窗子外不住往下篩的雪，篩淡了遠近間颺動的市謠；篩泯了在泥道上掙扎的車輪；篩滅了腦殼中不妥協的潛流……

我要那深，我要那靜。那在樹蔭濃密處躲著的夜鷹輕易不敢在天光還在照亮時出來睜眼。思想，它也得等。

青天裡有一點子黑的。正衝著太陽耀眼，望不真，你把手遮著眼、對著那兩株樹縫裡瞧，黑的，有橙子來大，不，有桃子來大——嘿，又移著往西了！

我們吃了中飯出來到海邊去。（這是英國康槐爾極南的一角，三面是大西洋）。勖麗麗的叫響從我們的腳底下勻勻的往上顫，齊著腰，到了肩高，過了頭頂，高入了雲，高出了雲。啊！你能不能把一種急震的樂音想像成一陣光明的細雨，從藍天裡衝著這平鋪著青綠的地面不住的下？不，那雨點都是跳舞的小腳，安琪兒的。雲雀們也吃過了飯，離開了牠們卑微的地巢飛往高處做工去。上帝給牠們的工作，替上帝做的工作。瞧著，這兒一隻，那邊又起了兩隻！一起就衝著天頂飛，小翅膀活動的多快活，圓圓的，不躊躇的飛，——牠們就認識青天。一起就開口唱，小嗓子活動的多快活，一顆顆小精圓珠子直往外唾，亮亮的唾，脆脆的唾，——牠們讚美的是青天。瞧著，這飛得多高，有豆子大，有芝麻大，黑刺刺的一屑，直頂著無底的天頂細細的搖，——這全看不見了，影子都沒了！但這光明的細雨還是不住的下著……

飛。「其翼若垂天之雲……背負蒼天，而莫之夭閼者」；那不容易見著。我們鎮上東關廂外有一座黃泥山，山頂上有一座七層的塔，塔尖頂著天。塔院裡常常打鐘，鐘聲響動時，那在太陽西曬的時候多，一枝艷艷的大紅花貼在西山的鬢邊回照著塔山上的雲彩，——鐘聲響動時，繞著塔頂尖，摩著塔頂天，穿著塔頂雲，有一隻兩隻有時三隻四隻有時五隻六隻蜷著爪往地面瞧的「餓老鷹」，撐開了牠們灰蒼蒼的大翅膀沒掛戀似的在盤旋，在半空中浮著，在晚風中泅著，彷彿是按著塔院鐘的波蕩來練習圓舞似的。那是我做孩子時的「大鵬」。有時好天抬頭不見一瓣雲的時候聽著猇憂憂的叫響，我們就知道那是寶塔上的餓老鷹尋食吃來了，這一想像半天裡禿頂圓睛的英雄，我們背上的小翅膀骨上就彷彿豁出了一鉎鉎鐵刷似的羽毛，搖起來呼呼響的，只一擺就衝出了書房門，鑽入了玳瑁鑲邊的白雲裡玩兒去，誰耐煩站在先生書桌前晃著身子背早上的多難背的書！啊飛！不是那在樹枝上矮矮的跳著麻雀兒的飛；不是那湊天黑從堂匾後背衝出來趕蚊子吃的蝙蝠的飛；也不是那軟尾巴軟嗓子做窠在堂簷上的燕子的飛。要飛就得滿天飛，風攔不住雲擋不住的飛，一翅膀就跳過一座山頭，影子下來遮得陰二十畝稻田的飛，到天晚飛倦了就來繞著那塔頂尖順著風向打圓圈做夢……聽說餓老鷹會抓小雞！

飛。人們原來都是會飛的。天使們有翅膀，會飛，我們初來時也有翅膀，會飛。我們最初來就是飛了來的，有的做完了事還是飛了去，他們是可羨慕的。但大多數人是忘了飛的，有的翅膀上掉了毛不長再也飛不起來，有的翅膀叫膠水給膠住了再也拉不開，有的羽毛叫人給修短了像鴿子似的只會在地上跳，有的拿背上一對翅膀上當鋪去典錢使過了期再也贖不回……真的，我們一過了做孩子的日子就掉了飛的本領。但沒了翅膀或是翅膀壞了不能用是一件可怕的事。因爲你再也飛不回去，你蹲在地上呆望著飛不上去的天，看旁人有福氣的一程一程的在青雲裡逍遙，那多可憐。而且翅膀又不比是你腳上的鞋，穿爛了可以再問媽要一雙去，翅膀可不成，折了一根毛就是一根，沒法給補的。還有，單顧著你翅膀也還不定規到時候能飛，你這身子要是不謹慎養太肥了，翅膀力量小再也拖不起，也是一樣難不是？一對小翅膀馱不起一個胖肚子，那情形多可笑！到時候你聽人家高聲的招呼說，朋友，回去罷，趁這天還有紫色的光，你聽他們的翅膀在半空中沙沙的搖響，朵朵的春雲跳過來擁著他們的肩背，望著最光明的來處翩翩的，冉冉的，輕煙似的化出了你的視域，像雲雀似的只留下一瀉光明的驟雨——「Thou art unseen, but yet I hear the shrill delight.」①——那你，獨自在泥途裡淹著，夠多難受，夠多懊惱，夠多寒傖！趁早留神你的翅膀，朋友。

是人沒有不想飛的。老是在這地面上爬著夠多厭煩，不說別的。飛出這圈子，飛出這圈子！到雲端裡去，到雲端裡去！哪個心裡不成天千百遍的這麼想？飛上天空去浮著，看地球這彈丸在太空裡滾著，從陸地看到海，從海再看回陸地。凌空去看一個明白——這本是做人的趣味，做人的權威，做人的交代。這皮囊要是太重挪不動，就擲了它，可能的話，飛出這圈子，飛出這圈子！

人類初發明用石器的時候，已經想長翅膀，想飛。原人洞壁上畫的四不像，它的背上掮著翅膀；拿著弓箭趕野獸的，他那肩背上也給安了翅膀。小愛神是有一對粉嫩的肉翅的。挨開拉斯（Icarus）②是人類飛行史裡第一個英雄，第一次犧牲。安琪兒（那是理想化的人）第一個標記是幫助他們飛行的翅膀。那也有沿革——你看西洋畫上的表現。最初像一對小精緻的令旗，蝴蝶似的黏在安琪兒們的背上，像真的，不靈動的。漸漸的翅膀長大了，地位安準了，毛羽豐滿了。畫圖上的天使們長上了真的可能的翅膀。人類初次實現了翅膀的觀念，徹悟了飛行的意義。挨開拉斯閃不死的靈魂，回來投生又投生。人類最大的使命，是製造翅膀，最大的成功是飛！理想的極度，想像的止境，從人到神！詩是翅膀上出世的；哲理是在空中盤旋的。飛：超脫一切，籠蓋一切，掃蕩一切，吞吐一切。

你上那邊山峰頂上試去，要是度不到這邊山峰上，你就得到這萬丈的深淵裡去找你的葬身地！「這人形的鳥會有一天試他第一次的飛行給這世界驚駭，使所有的著作讚美，給他所從來的棲息處永久的光榮。」啊達文謇！

但是飛？自從挨開拉斯以來，人類的工作是製造翅膀，還是束縛翅膀？這翅膀，承上了文明的重量，還能飛嗎？都是飛了來的，還都能飛了回去嗎？鉗住了，烙住了，壓住了，——這人形的鳥會有試他第一次飛行的一天嗎？……

同時天上那一點子黑的已經迫近在我的頭頂，形成了一架鳥形的機器，忽的機沿一側，一球光直往下注，硼的一聲炸響，——炸碎了我在飛行中的幻想，青天裡平添了幾堆破碎的浮雲。

注釋

①大意是：雖然看不到你的形象，但我能聽見你歡樂的歌唱。

②古希臘傳說中能工巧匠代達洛斯（Daedalus）的兒子。他們父子用蜂蠟黏貼羽毛做成雙翼，騰空飛行。由於伊卡羅斯飛得太高，太陽把蜂蠟曬化，使他墜海而死。

就使打破了頭，也還要保持我靈魂的自由

照群眾行為看起來，中國人是最殘忍的民族。照個人行為看起來，中國人大多數是最無恥的個人。慈悲的真義是感覺人類應感覺的感覺，和有膽量來表現內動的同情。中國人只會在殺人場上聽小熱昏①，決不會在法庭上賀喜判決無罪的刑犯；只想把潔白的人齊拉入混濁的水裡，不會原諒拿人格的頭顱去撞開地獄門的犧牲精神。只是「幸災樂禍」、「投井下石」，不會冒一點子險去分肩他人為正義而奮鬥的負擔。

從前在歷史上，我們似乎聽見過有什麼義呀俠呀，什麼當仁不讓，見義勇為的榜樣呀，氣節呀，廉潔呀，等等。如今呢，只聽見神聖的職業者接受蜜甜的「冰炭敬」，磕拜壽祝福的響頭，到處只見拍賣人格「賤賣靈魂」的招貼。這是革命最彰明的成績，這是華族民國最動人的廣告！

「無理想的民族必亡」，是一句不刊的真言。我們目前的社會政治走的只是卑污苟且的路，最不能容許的是理想，因為理想好比一面大鏡子，若然擺在面前，一定照出魑魅魍魎的醜跡。莎士比亞的醜鬼卡立朋（Caliban）②有時在海水裡照出自己的尊容，總是老羞成怒的。

所以每次有理想主義的行為或人格出現，這卑污苟且的社會一定不能容忍；不是拳打腳踢，也總是冷嘲熱諷，總要把那三閭大夫③硬推入汨羅江底，他們方才放心。

我們從前是儒教國，所以從前理想人格的標準是智仁勇。現在不知道變成了什麼國了，但目前最普通人格的通性，明明是愚闇殘忍懦怯，正得一個反面。但是真理正義是永生不滅的聖火；也許有時遭被蒙蓋掩翳罷了。大多數的人一天二十四點鐘的時間內，何嘗沒有一刹那清明之氣的回復？但是誰有膽量來想他自己的想，感覺他內動的感覺，表現他正義的衝動呢？

蔡元培所以是個南邊人說的「戇大」，愚不可及的一個書獃子，卑污苟且社會裡的一個最不合時宜的理想者。所以他的話是沒有人能懂的；他的行為是極少數人——如真有——敢表同情的；他的主張，他的理想，尤其是一盆飛旺的炭火，大家怕炙手，如何敢去抓呢？

「小人知進而不知退。」

「不忍為同流合污之苟安。」

「不合作主義。」

「為保持人格起見……」

「生平僅知是非公道，從不以人為單位。」

這些話有多少人能懂，有多少人敢懂？

這樣的一個理想者，非失敗不可；因為理想者總是失敗的。若然理想勝利，那就是卑污苟且的社會政治失敗——那是一個過於奢侈的希望了。

有知識有膽量能感覺的男女同志，應該認明此番風潮是個道德問題；隨便彭允彝④、京津各報如何淆惑，如何謠傳，如何去牽涉政黨，總不能掩沒這風潮裡面一點子理想的火星。要保全這點子

小小的火星不滅，是我們的責任，是我們良心上的負擔；我們應該積極同情這番拿人格頭顱去撞開地獄門的精神！

注釋

①江浙一帶民間的一種曲藝樣式。

②莎士比亞戲劇《暴風雨》中的人物，一個野蠻而醜怪的奴隸。

③即楚國的大詩人屈原。

④一九二二年冬，當時的北平市財政總長羅文幹因涉嫌賣國納賄遭到拘捕，不久釋放。但因北洋政府的教育總長彭允彝的提議，被重新收禁，一時謠傳紛紜。北大校長蔡元培等因不滿彭允彝干涉司法，遂聯合知識界發表宣言，申明對政府採不合作態度。徐志摩此文是從人格與公道的立場上對蔡元培的支持。

鬼話

慧珈，我只是自然崇拜者。我生平教育之校擇者，都從眷愛自然得來。但看我眼中有夏星與秋月；我感情有山嶺之雄厚，彷彿大川之潮瀾；我思想似山澗之清，似海之闊，似雷電之迅，似枝頭好鳥之妙舌；我肢體似雛鹿，似春草，似春雲；我想像似電似金似火，有天堂之瑰麗，有地獄之詭幻，有春日之和，有秋花之豔；我愛情如蜜，如蠶絲之不絕，如瀑，如常青之松柏，如石之堅，如月之秘。

慧珈，我只是個自然崇拜者，我以爲自然界種種事物，不論其細如澗石，暫如花，黑如炭，明如秋月，皆孕有其深之意義，皆含有不可理解之神秘，皆爲至美之象徵。我愛汝，因汝亦美之徵，我實隱敬畏汝，因汝亦具神之秘。

汝手挽我臂，及汝行稍倦，我將以手承汝腰。

假令汝蹇不能行，我手必常承汝不輟；假令我盲不能視，汝亦必以至媚之詞，狀星與月與澗瀑，以娛我常闕之視。月或有盈昃，潮或有漲落，然我不能想像汝我歷千難萬苦所凝成之戀晶，遭受毫芒之挫損。慧珈，汝我肉雖各體，靈已相和，嘻！汝其東望！美漪初升之滿月，至烈至大，披靡雲翳，若勁風鏟葉。慧珈，憶否年前汝我之奮鬥生涯，大敵小寇，巨難隱挫之梗汝我成功之徑者，指不可盡數，然美滿卒生於黑暗，若潛澗之驟睹光明，若此滿月之出霧錮，自此長天晴朗，安行無礙。慧珈，汝試以手覺我心搏，此方寸靈府碎而復全者再再三三，即汝手，此纖纖柔荏之手，亦嘗親傳利刃其中，幸而未殊，然草木不因春榮而怨冬殺，我慧珈仁勇猶天，即使寸寸磔我，成塵成灰。以散入廣漠，我魂而有知，猶且感戀，況災難終解，幸福大來，汝纖美之手，此日竟撫我懷，汝最美麗之靈魂，我竟敢呼爲已有。慧珈，我樂良不可支，願月常圓，願汝常美，汝淚又盈盈汝眶，月輝出林我視甚清，可愛者淚也，我常呼爲人間無價之珍珠。我慧，汝不見我睫亦濕，然今夕彼此懷歡，不能復如春間，在汝園前梨花蔭下之交淚成流也。願汝淚已粗，頹然欲滴，無已容我熱吻，咽此情珠。慧乎。汝應登記。汝淚又一度濟我情渴，聽否橋下澗聲鑿鑿，似諷似妒，且復前進何似？

楚王宮殿月輪高，
碧琉璃翠煙籠罩。

慧珈，汝我真身入仙境矣，如此琉璃，如此昭廟，如此寒煙，如此明月，慧珈吾愛，且爲奈何此良宵。李長吉當此冬夜，必念「火井溫泉」，太白在并，當不吝質裘換酒，然我有慧珈在心，長生情焰，燎盡寒愁，況有蜜吻，何羨庸醪。

慧，汝見否昭廟前盤根巨幹，決垣破壘而出，寧其難，不屈其性，美哉勇士，來歲春榮時，再

來當以花冠寵之。

慧，不意冬令清溫如此，乾草生香，松聲可嗅，此道引向雙清，引向玉乳，然汝我不如赴彼新亭一「看雲起」，半山涼椽，早動我攀登之念，然前昨遊山，屐總北向，何如此夕，慰彼寂寥。且月輪正倚此峰下窺，溯影上尋，別饒逸趣，汝但密抱我袖，當減緩蹭之乏，但小心足下，勿爲莽棘所攖，勿使亂石爲蹟，此境清幽聖潔，即有山鬼，亦必雅馴，不敢孟浪我鍾愛之麋。

慧，我愛幽秘，不矜明顯，故愛月色，甚於昭陽；我童年見月，每每滴淚，但感其悲，不知何以，即今新愁未起，歡滿衷腸，然徘徊之頃，便可寫淚。大概感美動情，因情生淚，樂之與悲，原相交絡，即我與汝年來戀跡他人視爲溫柔享盡，然我初不知有無悲之歡，無淚之會。汝我回顧來蹤，青茵馥郁，何莫非清淚所滋培，即此往夷路從容，亦豈能循庸福之安步。佛說色即是空，空即是色，世俗謬解，負色負空。我謂從空中求色，乃爲真色，從色求空，乃得真空；色，情也戀也，空，想像之神境也。汝我自詡識真，捨心在遠，豈能局促於皮肉飲食之間哉。

故我愛月，即謂愛甚幽秘也可。試看此林此谷，若無秘意，便無神趣曇花泡影之美。正在其來之神，其潛之秘。世每以優曇比人生，設想甚美，然結論以唯其暫忽，應避空虛，則其謬可誅，其愚可憐。人生本非優曇，獨見真見美之一俄頃，真生命之消息，乃如電光之湧現。彼牧奴，彼市賈，彼政客，唯日營營於貨利泥溷，寧知生命寧有生命，復何優曇之可言。且生命誠是幻境，善生者不虛幻境之易滅，而唯恐其一滅而不復生，苟能如日之出沒，生命之優曇朝榮而莫殊，生命之幻境，常絕亦常生，旦旦有希望，息息是危機，（則不其為生命之王歟？）世即有榮華，復何羨？

故我崇拜幽秘，崇拜月，崇拜月夜，夜亦自然之尤秘者。我愛夜，我愛星夜，我愛五星之夜，我愛黑暗中之微芒，我愛星芒下之黑夜。幽秘尤爲賦與生命之原素，慧，汝不云乎！西山莫色，鈍如鉛，呆若木雞方初星之未露方薇納司之未現，天圜若塚蓋，地偃若古屍，沙雲諧色，松柏無聲，幾疑是沈沈者方且終古，然及明星之獨與，頓轉鈍氳爲涼靄，生命復起於沈寂，洩露宇宙生生無已之精神。因其閃耀，因其純輝，遠山近樹，並感神明，一若內受神動，回舞歡欣，即石上枯藤，澗底殘水，亦似耿耿欲爲吟舞，頌美景良辰。慧，汝常愛獨憑小牖，默察藍空，靜伺星起。一若展瞭春野，於一漲純翠之中，忽見羅蘭如目，粲笑相迎，訝喜未定，諸鬟並出，星定無極，一體神靈。爾時汝慧心頻躍，喜溢常眉。慧珈我愛，汝非凡種，汝來本自神闕，我常有想，天上七星，列汝秀額，無怪汝愛星甚於愛珍。妙盼常在祥雲飄渺之間。

慧，枯荊果繭汝行，刺不深否？是藤捲亦大可憐，經霜往雪，色剝根殊，但亙道際，仰吸星光，偶當遊踵，輒前糾摟，其意可憐，其情可憫。然汝無端遭刺，痛即不深，亦算小惱，然爲常爲變，莫非因緣，不如展汝慈腕，溫撫而撤置之，彼若有靈，亦當感愧。

慧，汝聞澗聲否，似是雙清之裔。今冬不冷，泉澗少封，況受星月之惠，流光綽約，宜其韻節連綿，歡愜生平。我嘗稱山澗爲自然界之忠臣義士，自然界之多情種子，休道此潺潺一曲，其來遠在雲天高處，不知須經過幾層地獄，沖度多少林菁，洗磨千萬個石堁，滌淨幾萬條荇草，幾度幽

咽，幾番喟息，然其精靈所繫，永失勿萓，任難任險，一往無前；慧，汝不嘗見流澗合湖，音色並諧，此真克踐素願之歡悰，正不讓汝我此夕之踏月林邊也。

慧，「看雲起」已可望見，月正初卸雲衣，散輝如雪蕊繽紛，汝我試立岩松中望月洗之香山，從黑處望光明，益見光明之嫵媚，況此尤爲神秘之光明。

慧我愛友，汝不感我肢體微震乎？方我見美，神經似感烈電，但覺纖微狂舞，人格輒欲解化，我今又神蕩矣！

莎翁嘗言，事汝不嘗強聒汝客以所戀之譽，汝意未純。我今欲賦月美以證我戀。慧，汝每諷我以神經逾分之詞來相頌汝。然汝當知，苟我不嘗因意戀而感神明，則我愛良不足數；我唯從汝純美的人格中，得窺神聖之奧義，得起悟神禁之境界，故我不得不神汝而聖汝，非濫文字以爲誇也。慧乎，汝永爲九天明燭，照我入信仰之門！況人道之粹即是神經，神經固人類應有之德。世之猥俗，正生教育習慣之慘堙聖源，汝精神身體之皎潔神明，正不讓前峰滿月，慧，汝當知吾言之非過譽也。

請爲汝頌月：與其謂日爲美之象，不如稱之爲慈悲之徵。吾國詩人莫不詠月，然皆止於寫態繪形而無深切之同情。唯唐詩「今夜月明人盡望，不知秋思在誰家」韻味俱長，可謂隨手撿得之寶石。蓋月之秘，月之美，月之人道，正在其慨錫慈輝，慰旅人之倦，慰夜鶯之寂，慰倚欄啜泣之少女，慰石間獨秀之野花，時或輕披簾幕，俯吻眠熟之嬰孩，河邊沉思之詩人，時或仰天默禱明輝照涙，燦若露珠。天真純潔之孩童，見天上疾駛之圓艇而啼求焉。而展腴白之小手，以擒清光於懷以示愛焉；此月之秘，此月之美，此月之人道，月之慈悲之效也。我因而每見明月愈不能自折其悲，不能自制其淚，然悲懷益深，淚落益多，而得慰，得靈魂之安慰，亦愈深且多。慧，汝最知此秘，吾不嘗謂汝母願我泣，泣實慰我。

美哉月！此圓此潔，此自由自在惠地不疑，行天無礙。美哉神話！

此高立婆娑者非玉桂乎，此瞿瞿欲動者非嫦娥之蟾乎，兔乎，彼搗玄霜者，何其春之迂徐，廣寒之宮禁，何常斬而不啓？慧，然汝喜科學，問言天文者月何似，使即量鏡而望月，則向之婆娑者今圻侈爲谷骸，爲岩髏，向之靈動者今僵寂如石溝如敗椽，向嫵媚流盼如少女，今皺頽醜首如老婦，予我慰使我愛者今駭我視惑我思，向之神秘，向之美，今變爲科學之事實；幻象消而美秘俱逝。以此視焚琴煮鶴，其煞風景爲何似？慧，設汝有擇於真靈之間，汝將焉取？雖然，科學何足以知月，量鏡何足以知月，唯見事物之靈者，乃見其真，故訝月之秘之美，而月之真已全。汝不聞開慈之：——Endymion，全詩實一月賦，證美而真目顯，宇宙間有途程，理暗文捷，文所不能行，獨真覺之靈翼乃得突擊而過者，此其一也。開慈之言曰：「我年益長，月之和麗我情熱者亦益切；汝猶深谷；汝猶山巔，汝猶聖賢之慧筆，詩人之琴，知己之聲音，中天之日；汝猶大口，猶凱得之光榮；汝猶我臨陣之鼓角，之戰駒，我承美酒之古爵，最高明之勳業；汝猶婦人之媚，汝可愛之明月！」

我的祖母之死

一

一個單純的孩子，
過他快活的時光，
興匆匆的，活潑潑的，
何嘗識別生存與死亡？

這四行詩是英國詩人華茨華斯（William Wordsworth）一首有名的小詩叫做「我們是七人」（We are Seven）的開端，也就是他的全詩的主意。這位愛自然，愛兒童的詩人，有一次碰著一個八歲的小女孩，髮鬈蓬鬆的可愛，他問她兄弟姊妹共有幾人，她說我們是七個，兩個在城裏，兩個在外國，還有一個姊妹一個哥哥，在她家裏附近教堂的墓園裏埋著。但她小孩的心理，卻不分清生與死的界限，她每晚攜著她的乾點心與小盤皿，到那墓園的草地裏，獨自的吃，獨自的唱，唱給她的在土堆裏眠著的兄姊聽，雖則他們靜悄悄的莫有回響，她爛漫的童心卻不曾感到生死間有不可思議的阻隔；所以任憑華翁多方的譬解，她只是睜著一雙靈動的小眼，回答說：

「可是，先生，我們還是七人。」

二

其實華翁自己的童真，也不讓那小女孩的完全：他曾經說「在孩童時期，我不能相信我自己有一天也會得悄悄的躺在墳裏，我的骸骨會得變成塵土。」又一次他對人說「我做孩子時最想不通的，是死的這回事將來也會得輪到我自己身上。」

孩子們天生是好奇的，他們要知道貓兒爲什麼要吃耗子，小弟弟從哪裏變出來的，或是究竟先有雞還是先有雞蛋；但人生最重大的變端——死的現象與實在，他們也只能含糊的看過，我們不能期望一個個小孩子們都是搔頭窮思的丹麥王子。他們臨到喪故，往往跟著大人啼哭；但他只要眼淚一乾，就會到院子裏踢毽子，趕蝴蝶，就使在屋子裏長眠不醒了的是他們的親爹或親娘，大哥或小妹，我們也不能盼望悼死的悲哀可以完全翳蝕了他們稚羊小狗似的歡欣。你如其對孩子說，你媽死了，你知道不知道——他十次裏有九次只是對著你發呆；但他等到要媽叫媽，媽偏不應的時候，他的嫩頰上就會有熱淚流下。但小孩天然的一種表情，往往可以給人們最深的感動。我生平最忘不了的一次電影，就是描寫一個小孩愛戀已死母親的種種天真的情景。她在園裏看種花，園丁告訴她這花在泥裏，澆下水去，就會長大起來。那天晚上天下大雨，她睡在床上，被雨聲驚醒了，忽然想起園丁的話，她的小腦筋裏就發生了絕妙的主意。她偷偷的爬出了床，走下樓梯，到書房裏去拿下桌上供著的她死母的照片，一把揣在懷裏，也不顧傾倒著的大雨，一直走到園裏，在地上用園丁的小鋤

掘鬆了泥土，把她懷裏的親媽，謹慎的取了出來，栽在泥裏，把鬆泥掩護著；她做完了工就蹲在那裏守候——一個三四歲的女孩，穿著白色的睡衣，在深夜的暴雨裏，蹲在露天的地上，專心篤意的盼望已經死去的親娘，像花草一般，從泥土裏發長出來！

三

我初次遭逢親屬的大故，是二十年前我祖父的死，那時我還不滿六歲。那是我生平第一次可怕的經驗，但我追想當時的心理，我對於死的見解也不見得比華翁的那位小姑娘高明。我記得那天夜裏，家裏人吩咐祖父病重，他們今夜不睡了，但叫我和我的姊妹先上樓睡去，回頭要我們時他們會來叫的。我們就上樓去睡了，底下就是祖父的臥房，我那時也不十分明白，只知道今夜一定有很怕的事，有火燒、強盜搶、做怕夢，一樣的可怕。我也不十分睡著，只聽得樓下的急步聲、碗碟聲、喚婢僕聲、隱隱的哭泣聲，不息的響著。過了半夜，他們上來把我從睡夢裏抱了下去，我醒過來只聽得一片的哭聲，他們已經把長條香點起來，一屋子的煙，一屋子的人，圍攏在床前，哭的哭，喊的喊，我也捱了過去，在人叢裏偷看大床裏的好祖父。忽然聽說醒了醒了，哭喊聲也歇了，我看見父親爬在床裏，把病父抱持在懷裏，祖父倚在他的身上，雙眼緊閉著，口裏銜著一塊黑色的藥物他說話了，很輕的聲音，雖則我不曾聽明他說的什麼話，後來知道他經過了一陣昏暈，他又醒了過來對家人說：「你們吃嚇了，這算是小死。」他接著又說了好幾句話，隨講音隨低，呼氣隨微，去了，再不醒了，但我卻不曾親見最後的彌留，也許是我記不起，總之我那時早已跪在地板上，手裏擎著香，跟著大眾高聲的哭喊了。

四

此後我在親戚家收殮雖則看得不少，但死的實在的狀況卻不曾見過。我們念書人的幻想力是比較的豐富，但往往因爲有了幻想力，就不管生命現象的實在，結果是書呆子，陸放翁說的「百無一用是書生」。人生的範圍是無窮的：我們少年時精力充足什麼都不怕嘗試，只愁沒有出奇的事情做，往往抱怨這宇宙太窄，青天太低，大鵬似的翅膀飛不痛快，但是……但是平心的說，且不論奇的、怪的、特別的、離奇的，我們姑且試問人生裏最基本的事實，最單純的、最普遍的、最平庸的、最近人情的經驗，我們究竟能有多少的把握，我們能有多少深徹的瞭解，我們是否都親身經歷過？譬如說：生產、戀愛、痛苦、悲、死、妒、恨、快樂、真疲倦、真飢餓、渴、毒餤似的渴、真的幸福、凍的刑罰、懺悔，種種的情熱。我可以說，我們平常人生觀、人類、人道、人情、真理、哲理、本能等等名詞不離口吻的念書人們，什麼文學家，什麼哲學家——關於真正人生基本的事實的實在，知道的——恐怕是極微至鮮，即使不等於圓圈。我有一個朋友，他和他夫人的感情極厚，一次他夫人臨到難產，因爲在外國，所以進醫院什麼都得他自己照料，最後醫生宣言只有用手術一法，但性命不能擔保，他沒有法子，只好和他半死的夫人訣別（解剖時親屬不准在旁的）。滿心毒

魔似的難受，他出了醫院，走在道上，走上橋去，像得了離魂病似的，心脈舂臼似的跳著，最後他聽著了教堂和緩的鐘聲，他就不自主的跟著鐘聲，進了教堂，跟著在做禮拜的跪著、禱告、懺悔、祈求、唱詩、流淚（他並不是信教的人），他這樣的捱過時刻，後來回轉醫院時，一步步都是慘酷的磨難，比上行刑場的犯人，加倍的難受，他怕見醫生與看護婦，彷彿他的命運是在他們的手掌裏握著。事後他對人說「我這才知道了人生一點子的意味！」

五

所以不曾經歷過精神或心靈的大變的人們，只是在生命的戶外徘徊，也許偶爾猜想到幾分牆內的動靜，但總是浮的淺的，不切實的，甚至完全是隔膜的。人生也許是個空虛的幻夢，但在這幻象中，生與死，戀愛與痛苦，畢竟是陡起的奇峰，應得激動我們徬徨者的注意，在此中也許有可以感悟到一些幻裏的真，虛中的實，這浮動的水泡不曾破裂以前，也應得飽吸自由的日光，反射幾絲顏色！

我是一隻不羈的野駒，我往往縱容想像的猖狂，詭辯人生的現實；比如憑藉凹折的玻璃，覺察當前景色。但時而復再，我也能從煩囂的雜響中聽出清新的樂調，在眩耀的雜彩裏，看出有條理的意匠。這次祖母的大故，老家庭的生活，給我不少靜定的時刻，不少深刻的反省。我不敢說我因此感悟了部分的真理，或是取得了苦乾的智慧；我只能說我因此與實際生活更深了一層的接觸，益發激動我對於人生種種好奇的探討，益發使我驚訝這迷謎的玄妙，不但死是神奇的現象，不但生命與呼吸是神奇的現象，就連日常的生活與習慣與迷信，也好像放射著異樣的光閃，不容我們擅用一兩個形容詞來概狀，更不容我們倡言什麼主義來抹煞——一個革新者的熱心，碰著了實在的寒冰！

六

我在我的日記裏翻出一封不曾寫完不曾付寄的信，是我祖母死後第二天的早上寫的。我那時在極強烈的極鮮明的時刻內，很想把那幾日經過感想與疑問，痛快的寫給一個同情的好友，使他在數千里外也能分嘗我強烈的鮮明的感情。那位同情的好友我選中了通伯，但那封信卻只起了一個呆重的頭，一爲喪中忙，二爲我那時眼熱不耐用心，始終不曾寫就，一直挨到現在再想補寫，恐怕強烈已經變弱，鮮明已經透暗，逃亡的囚逋，不易追獲的了。我現在把那封殘信錄在這裏，再來追摹當時的情景。

通伯：

我的祖母死了！從昨夜十時半起，直到現在，滿屋子只是號啕呼搶的悲音與和尚道士女僧的禮懺鼓磬聲。二十年前祖父喪時的情景，如今又在眼前了。忘不了的情景！你願否聽我講些？

我一路回家，怕的是也許已經見不到老人，但老人卻在生死的交關彷彿存心的彌留著，等待她最鍾愛的孫兒——即不能與他開言訣別，也使他尚能把握她依然溫暖的手掌，撫摩她依然跳動著的胸懷，凝視她依然能自開自闔雖則不再能表情的目睛。她的病是腦充血的一種，中醫稱為「卒中」（最難救的中風）。她十日前在暗房裏躓仆倒地，從此不再開口出言，登仙似的結束了她八十四歲的長壽，六十年良妻與賢母的辛勤，她現在已經永遠的脫辭了煩惱的人間，還歸她清淨自在的來處。我們承受她一生的厚愛與蔭澤的兒孫，此時親見，將來追念，她最後的神化，不能自禁中懷的摧痛，熱淚暴雨似的盆湧，然痛心中卻亦隱有無窮的讚美，熱淚中依稀想見她功成德備的微笑，無形中似有不朽的靈光，永遠的臨照她綿衍的後裔……

七

舊曆的乞巧那一天，我們一大群快活的遊蹤，驢子灰的黃的白的，轎子四個腳夫抬的，正在山海關外，迂迴的、曲折的繞登角山的棲賢寺，面對著殘圮的長城，巨蟲似的爬山越嶺，隱入煙靄的迷茫。那晚回北戴河海濱住處，已經半夜，我們還打算天亮四點鐘上蓮峰山去看日出，我已經快上床，忽然想起了，出去問有信沒有，聽差遞給我一封電報，家裏來的四等電報。我就知道不妙，果然是「祖母病危速回」！我當晚就收拾行裝，趕早上六時車到天津，晚上才上津浦快車。正嫌路遠車慢，半路又為水發沖壞了軌道過不去，一停就停了十二點鐘有餘，在車裏多過了一夜，直到第三天的中午方才過江上滬寧車。這趟車如其準點到上海，剛好可以接上滬杭的夜車，誰知道又誤了點，誤了不多不少的一分鐘，一面我們的車進站，他們的車頭嗚的一聲叫，別斷別斷的去了！我若然是空身子，還可以冒險跳車，偏偏我的一雙手又被行李雇定了，所以只得定著眼睛送它走。

所以直到八月二十二日的中午我方才到家。我給通伯的信說「怕是已經見不著老人」，在路上那幾天真是難受，縮不短的距離沒有法子，但是那急人的水發，急人的火車，幾面湊攏來，叫我整整的遲一晝夜到家！試想病危了的八十四歲的老人，這二十四點鐘不是容易過的，說不定她剛巧在這個期間內有什麼動靜，那才叫人抱憾哩！但是結果還算沒有多大的差池——她老人家還在生死的交關等著！

八

奶奶——奶奶——奶奶！奶——奶！你的孫兒回來了，奶奶！沒有回音。老太太闔著眼，仰面躺在床裏，右手拿著一把半舊的雕翎扇很自在的扇動著。老太太原來就怕熱，每年暑天總是扇子不離手的，那幾天又是特別的熱。這還不是好好的老太太，呼吸頂勻淨的，定是睡著了，誰說危險！奶奶，奶奶！她把扇子放下了，伸手去摸著頭頂上掛著的冰袋，一把抓得緊緊的，呼了一口長氣，像是暑天趕道兒的喝了一碗涼湯似的，這不是她明明的有感覺不是？我把她的手拿在我的手裏，她似乎感覺我手心的熱，可是她也讓我握著，她開眼了！右眼張得比左眼開些，瞳子卻是發呆，我拿手指在她的眼前一挑，她也沒有瞬，那準是她瞧不見了——奶奶，奶奶，——她也真沒有聽見，難道她真是病了，真是危險，這樣愛我疼我寵我的好祖母，難道真會得……我心裏一陣的難受，鼻子裏一陣的酸，滾熱的眼淚就迸了出來。這時候床前已經擠滿了人，我的這位，我是那位，我一眼看過去，只見一片慘白憂愁的面色，一雙雙裝滿了淚珠的眼眶。我的媽更看的憔悴。她們已經伺候了六天六夜，媽對我講祖母這回不幸的情形，怎樣的她夜飯前還在大廳上吩咐事情，怎樣的飯後進房去自己擦臉，不知怎樣的閃了下去，外面人聽著響聲才進去，已經是不能開口了，怎樣的請醫生，一直到現在還沒有轉機……

一個人到了天倫骨肉的中間，整套的思想情緒，就變換了式樣與顏色。你的不自然的口音與語法沒有用了；你的耀眼的袍服可以不必穿了；你的潔白的天使的翅膀，預備飛翔出人間到天堂的，不便在你的慈母跟前自由的開豁；你的理想的樓台亭閣，也不輕易的放進這二百年的老屋；你的佩劍、要塞，以及種種的防禦，在爭競的外界即使是必要的，到此只是可笑的累贅。在這裏，不比在其餘的地方，他們所要求於你的，只是隨熟的聲音與笑貌，只是好的，純粹的本性，只是一個沒有斑點子的赤裸裸的好心。在這些純愛的骨肉的經緯中心，不由得你不從你的天性裏抽出最柔糯亦最有力的幾縷絲線來加密或是縫補這幅天倫的結構。

所以我那時坐在祖母的床邊，念著兩朵熱淚，聽母親敘述她的病況，我腦中發生了異常的感想，我像是至少逃回了二十年的光陰，正如我膝前子姪輩一般的高矮，回復了一片純樸的童真，早上走來祖母的床前，揭開帳子叫一聲軟和的奶奶，她也回叫了我一聲，伸手到裏床去摸給我一個蜜棗或是三片狀元糕，我又叫了一聲奶奶，出去玩了，那是如何可愛的辰光，如何可愛的天真，但如今沒有了，再也不回來了。現在床裏躺著的，還不是我的親愛的祖母，十個月前我伴著到普陀登山拜佛清健的祖母，但現在何以不再答應我的呼喚，何以不再能表情，不再能說話，她的靈性哪裏去了，她的靈性哪裏去了？

九

一天，一天，又是一天——在垂危的病塌前過的時刻，不比平常飛駛無礙的光陰，時鐘上同樣的一聲的嗒，直接的打在你的焦急的心裏，給你一種模糊的隱痛——祖母還是照樣的眠著，右手的脈自從起病以來已是極微僅有的，但不能動彈的卻反是有脈的左側，右手還是不時在揮扇，但她的呼吸還是一例的平勻，面容雖不免瘦削，光澤依然不減，並沒有顯著的衰象，所以我們在旁邊看她的，差不多每分鐘都盼望她從這長期的睡眠中醒來，打一個呵欠，就開眼見人，開口說話——果然她醒了過來，我們也不會覺得離奇，像是原來應當似的。但這究竟是我們親人絕望中的盼望，實際上所有的醫生，中醫、西醫、針醫，都已一致的回絕，說這是「不治之症」。中醫說這脈象是憑證，西醫說腦殼裏血管破裂，雖則植物性機能——呼吸、消化——不曾停止，但言語中樞已經斷絕——

此外更專門更玄學更科學的理論我也記不得了。所以暫時不變的原因，就在老太太本來的體元太好了，拳術家說的「一時不能散工」，並不是病有轉機的兆頭。

我們自己人也何嘗不明白這是個絕症；但我們卻總不忍自認是絕望：這「不忍」便是人情。我有時在病榻前，在淒悒的靜默中，發生了重大的疑問。科學家說人的意識與靈感，只是神經系最高的作用，這複雜，微妙的機械，只要部分有了損傷或是停頓，全體的動作便發生相當的影響；如其最重要的部分受了擾亂，他不是變成反常的瘋癲，便是完全的失去意識。照這一說，體即是用，離了體即沒有用；靈魂是宗教家的大謊，人的身體一死什麼都完了。這是最乾脆不過的說法，我們活著時有這樣有那樣已經盡夠麻煩，盡夠受，誰還有興緻，誰還願意到墳墓的那一邊再去發生關係，地獄也許是黑暗的，天堂是光明的，但光明與黑暗的區別無非是人類專擅的假定，我們只要擺脫這皮囊，還歸我清靜，我就不願意頭戴一個黃色的空圈子，合著手掌跪在雲端裏受罪！

再回到事實上來，我的祖母——一位神智最清明的老太太——究竟在哪裏？我既然不能斷定因爲神經部分的震裂她的靈感性便永遠的消滅，但同時她又分明的失卻了表情的能力，我只能設想她人格的自覺性，也許比平時消淡了不少，卻依舊是在著，像在夢魘裏將醒未醒時似的，明知她的兒女孫曾不住的叫喚她醒來，明知她即使要永別也總還有多少的囑咐，但是可憐她的睛球再不能反映外界的印象，她的聲帶與口舌再不能表達她內心的情意，隔著這脆弱的肉體的關係，她的性靈再不能與他最親的骨肉自由的交通——也許她也在整天整夜的伴著我們焦急，伴著我們傷心，伴著我們出淚，這才是可憐，這才真叫人悲戚哩！

十

到了八月二十七那天，離她起病的第十一天，醫生吩咐脈象大大的變了，叫我們當心，這十一天內每天她只嚥入很困難的幾滴稀薄的米湯，現在她的面上的光澤也不如早幾天了，她的目眶更陷落了，她的口部的筋肉也更寬弛了，她右手的動作也減少了，即使拿起了扇子也不再能很自然的扇動了——她的大限的確已經到了。但是到晚飯後，反是沒有什麼顯象。同時一家人著了忙，準備壽衣的、準備冥銀的、準備香燈等等的。我從裏走出外，又從外走進裏，只見匆忙的腳步與嚴肅的面容。這時病人的大動脈已經微細的不可辨，雖則呼吸還不至怎樣的急促。這時一門的骨肉已經齊集在病房裏，等候那不可避免的時刻。到了十時光景，我和我的父親正坐在房的那一頭一張床上，忽然聽得一個哭叫的聲音說——「大家快來看呀，老太太的眼睛張大了！」這尖銳的喊聲，彷彿是一大桶的冰水澆在我的身上，我所有的毛管一齊豎了起來，我們踉蹌的奔到了床前，擠進了人叢。果然，老太太的眼睛張大了，張得很大了！這是我一生從不曾見過，也是我一輩子忘不了的眼見的神奇（恕罪我的描寫！）不但是兩眼，面容也是絕對的神變了（Transfigured），她原來皺縮的面上，發出一種鮮潤的彩澤，彷彿半淤的血脈，又一度充滿了生命的精液，她的口，她的兩頰，也都回復了異樣的豐潤；同時她的呼吸漸漸的上升，急進的短促，現在已經幾乎脫離了氣管，只在鼻孔裏脆響

的呼出了。但是最神奇不過的是一雙眼睛！她的瞳孔早已失去了收斂性，呆頓的放大了。但是最後那幾秒鐘！不但眼眶是充分的張開了，不但黑白分明，瞳孔銳利的緊斂了，並且放射著一種不可形容，不可信的輝光，我只能稱他為「生命最集中的靈光」！這時候床前只是一片的哭聲，子媳喚著娘，孫子喚著祖母，婢僕爭喊著老太太，幾個稚齡的曾孫，也跟著狂叫太太……但老太太最後的開眼，彷彿是與她親愛的骨肉，作無言的訣別，我們都在號泣的送終，她也安慰了，她放心的去了。在幾秒時內，死的黑影已經移上了老人的面部，遏滅了生命的異彩，她最後的呼氣，正似水泡破裂，電光杳滅，菩提的一響，生命呼出了竅，什麼都止息了。

十一

我滿心充塞了死象的神奇，同時又須顧管我有病的母親，她那時出性的號啕，在地板上滾著，我自己反而哭不出來；我自己也覺得奇怪，眼看著一家長幼的涕淚滂沱，耳聽著狂沸似的呼搶號叫，我不但不發生同情的反應，卻反而達到了一個超感情的，靜定的，幽妙的意境，我想像的看見祖母脫離了軀殼與人間，穿著雪白的長袍，冉冉的上升天去，我只想默默的跪在塵埃，讚美她一生的功德，讚美她一生的圓寂。這是我的設想！我們內地人卻沒有這樣純粹的宗教思想；他們的假定是不論死的是高年厚德的老人或是無知無慾的幼孩，或是罪大惡極的凶人，臨到彌留的時刻總是一例的有無常鬼、摸壁鬼、牛頭馬面、赤髮獠牙的陰差等等到門，拿著鐐鍊枷鎖，來捉拿陰魂到案。

所以燒紙帛是平他們的暴戾，最後的呼搶是沒奈何的訣別。這也許是大部分臨死時實在的情景，但我們卻不能概定所有的靈魂都不免遭受這樣的凌辱。譬如我們的祖老太太的死，我只能想像她是登天，只能想像她慈祥的神化——像那樣鼎沸的號啕，固然是至性不能自禁，但我總以為不如匐伏隱泣或默禱，較為近情，較為合理。

理智發達了，感情便失了自然的濃摯；厭世主義的看來，眼淚與笑聲一樣是空虛的，無意義的。但厭世主義姑且不論，我卻不相信理智的發達，會得妨礙天然的情感；如其教育真有效力，我以為效力就在剝削了不合理性的「感情作用」，但決不會有損真純的感情；他眼淚也許比一般人流得少些，但他等到流淚的時候，他的淚才是應流的淚。我也是智識愈開流淚愈少的一個人，但這一次卻也真的哭了好幾次。一次是伴我的姑母哭的，她為產後不曾復元，所以祖母的病一直瞞著她，一直到了祖母故後的早上方才通知她。她扶病來了，她還不曾下轎，我已經聽出她在啜泣，我一時感覺一陣的悲傷，等到她出轎放聲時，我也在房中噓唏不住。又一次是伴祖母當年的贈嫁婢哭的。她比祖母小十一歲，今年七十三歲，亦已是個白髮的婆子，她也來哭她的「小姐」，她是見著我祖母的花燭的唯一個人，她的一哭我也哭了。

再有是伴我的父親哭的。我總是覺得一個身體偉大的人，他動情感的時候，動人的力量也比平常人偉大些。我見了我父親哭泣，我就忍不住要伴著淌淚。但是感動我最強烈的幾次，是他一人倒在床裏，反覆的啜泣著，叫著媽，像一個小孩似的，我就感到最熱烈的傷感，在他偉大的心胸裏浪

濤似的起伏，我就感到母子的感情的確是一切感情的起原與總結，等到一失慈愛的蔭庇，彷彿一生的事業頓時莫有了根柢，所有的快樂都不能填平這唯一的缺陷；所以他這一哭，我也真哭了。

但是我的祖母果真是死了嗎？她的軀體是的。但她是不死的。詩人勃蘭恩德①（Bryant）說：

So live, that when thy summons comes to join the inumerable caravan which moves to that mysterious realm where each one takes his chamber in the silent halls of death, then go not, like the quarry slave at night scourged to his dungeon,but sustained and soothed.

By an unfaltering truth, approach thy grave like one that wraps the drapery or his couch, about him,and lies down to pleasant dreams.

如果我們的生前是盡責任的，是無愧的，我們就會安坦的走近我們的墳墓，我們的靈魂裏不會有慚愧或悔恨的嚙痕。人生自生至死，如勃蘭恩德的比喻，真是大隊的旅客在不盡的沙漠中進行，只要良心有個安頓，到夜裏你臥倒在帳幕裏也就不怕噩夢來纏繞。

我的祖母，在那舊式的環境裏，到我們家來五十九年，真像是做了長期的苦工，她何嘗有一日的安閒，不必說子女的嫁娶，就是一家的柴米油鹽，掃地抹桌，哪一件事不在八十歲老人早晚的心上！我的伯父快近六十歲了，但他的起居飲食，還差不多完全是祖母經管的，初出世的曾孫如其有些身熱咳嗽，老太太晚上就睡不安穩；她愛我寵我的深情，更不是文字所能描寫；她那深厚的慈蔭，真是無所不包，無所不蔽。但她的身心即使勞碌了一生，她的報酬卻在靈魂無上的平安；她的安慰就在她的兒女孫曾，只要我們能夠步她的前例，各盡天定的責任，她在冥冥中也就永遠的微笑了。

注釋

①通譯布賴恩特（1794-1878），美國詩人。

他們都到海邊去了。我為左眼發炎不曾去。我獨坐在前廊，偎坐在一張安適的大椅內，袒著胸懷，赤著腳，一頭的散髮，不時有風來撩拂。清晨的晴爽，不曾消醒我初起時睡態；但夢思卻半被曉風吹斷。我闔緊眼簾內視，只見一斑斑消殘的顏色，一似晚霞的餘赭，留戀地膠附在天邊。廊前的馬櫻，紫荊，藤蘿，青翠的葉與鮮紅的花，都將他們的妙影映印在水汀上，幻出幽媚的情態無數；我的臂上與胸前，亦滿綴了綠蔭的斜紋。從樹蔭的間隙平望，正見海灣；海波亦似被晨曦喚醒，黃藍相間的波光，在欣然的舞蹈。灘邊不時見白濤湧起，迸射著雪樣的水花。浴線內點點的小舟與浴客，水禽似的浮著；幼童的歡叫，與水波拍岸聲，與潛濤嗚咽聲，相間的起伏，竟報一灘的生趣與樂意。但我獨坐的廊前，卻只是靜靜的，靜靜的無甚聲響。嫵媚的馬櫻，只是幽幽的微輾著，蠅蟲也斂翅不飛。只有遠近樹裏的秋蟬在紡紗似的縺引他們不盡的長吟。

在這不盡的長吟中。我獨坐在冥想。難得是寂寞的環境，難得是靜定的意境；寂寞中有不可言傳的和諧，靜默中有無限的創造。我的心靈，比如海濱，生平初度的怒潮，已經漸次的消翳，只剩有疏鬆的海砂中偶爾的迴響，更有殘缺的貝殼，反映星月的輝芒。此時摸索潮餘的斑痕，追想當時洶湧的情景，是夢或是真，再亦不須辨問，只此眉梢的輕縐，唇邊的微哂，已足解釋無窮奧緒，深深的蘊伏在靈魂的微纖之中。

青年永遠趨向反叛，愛好冒險；永遠如初度航海者，幻想黃金機緣於浩淼的煙波之外；想割斷繫岸的纜繩，扯起風帆，欣欣的投入無垠的懷抱。他厭惡的是平安，自喜的是放縱與豪邁。無顏色的生涯，是他目中的荆棘；絕海與凶巇，是他愛取自由的途徑。他愛折玫瑰；爲她的色香，亦爲她冷酷的刺毒。他愛搏狂瀾；爲他的莊嚴與偉大，亦爲他吞噬一切的天才，最是激發他探險與好奇的動機。他崇拜衝動：不可測，不可節，不可預逆，起，動，消歇皆在無形中，狂飆似的倏忽與猛烈與神秘。他崇拜鬥爭：從鬥爭中求劇烈的生命之意義，從鬥爭中求絕對的實在，在血染的戰陣中，呼嗷勝利之狂歡或歌敗喪的哀曲。

幻象消滅是人生裏命定的悲劇；青年的幻滅，更是悲劇中的悲劇，夜一般的沉黑，死一般的凶惡。純粹的，猖狂的熱情之火，不同阿拉丁的神燈，只能放射一時的異彩，不能永久的朗照；轉瞬間，或許，便已斂熄了最後的燄舌，只留存有限的餘燼與殘灰，在未滅的餘溫裡自傷與自慰。

流水之光，星之光，露珠之光，電之光，在青年的妙目中閃耀，我們不能不驚訝造化者藝術之神奇；然可怖的黑影，倦與衰與飽饜的黑影，同時亦緊緊的跟著時日進行，彷彿是煩惱，痛苦，失敗，或庸俗的尾曳，亦在轉瞬間，彗星似的掃滅了我們最自傲的神輝——流水涸，明星沒，露珠散滅，電閃不再！

在這豔麗的日輝中，只見愉悅與歡舞與生趣，希望，閃爍的希望，在蕩漾，在無窮的碧空中，在綠葉的光澤裡，在蟲鳥的歌吟中，在青草的搖曳中——夏之榮華，春之成功。春光與希望，是長駐

的；自然與人生，是調諧的。

在遠處有福的山谷內，蓮馨花在坡前微笑，稚羊在亂石間跳躍，牧童們，有的吹著蘆笛，有的平臥在草地上，仰看變幻的浮游的白雲，放射下的青影在初黃的稻田中縹緲地移過。在遠處安樂的村中，有妙齡的村姑，在流澗邊照映她自製的春裙；口銜煙斗的農夫三四，在預度秋收的豐盈，老婦人們坐在家門外陽光中取暖，她們的周圍有不少的兒童，手擎著黃白的錢花在環舞與歡呼。

在遠——遠處的人間，有無限的平安與快樂，無限的春光……

在此暫時可以忘卻無數的落蕊與殘紅；方可以忘卻花蔭中掉下的枯葉，私語地預告三秋的情意；亦可以忘卻苦惱的僵癟的人間，陽光與雨露的殷勤，不能再恢復他們腮頰上生命的微笑；亦可以忘卻紛爭的互殺的人間，陽光與雨露的仁慈，不能感化他們凶惡的獸性；亦可以忘卻庸俗的卑瑣的人間，行雲與朝露的丰姿，不能引逗他們刹那間的凝視；亦可以忘卻自覺的失望的人間，絢爛的春時與媚草，只能反激他們悲傷的意緒。

我亦可以暫時忘卻我自身的種種；忘卻我童年期清風白水似的天真；忘卻我少年期種種虛榮的希冀；忘卻我漸次的生命的覺悟；忘卻我熱烈的理想的尋求；忘卻我心靈中樂觀與悲觀的鬥爭；忘卻我攀登文藝高峰的艱辛；忘卻刹那的啟示與徹悟之神奇；忘卻我生命潮流之驟轉；忘卻我陷落在危險的漩渦中之幸與不幸；忘卻我追憶不完全的夢境；忘卻我大海底裡埋著的秘密；忘卻曾經刳割我靈魂的利刃，炮烙我靈魂的烈焰，摧毀我靈魂的狂飆與暴雨；忘卻我的深刻的怨與艾；忘卻我的冀與願；忘卻我的恩澤與惠感，忘卻我的過去與現在……

過去的實在，漸漸的膨脹，漸漸的模糊，漸漸的不可辨認，現在的實在，漸漸的收縮，逼成了意識的一線，細極狹極的一線，又裂成了無數不相聯續的黑點……黑點亦漸次的隱翳，幻術似的滅了，滅了，一個可怕的黑暗的空虛……

濟慈的夜鶯歌

詩中有濟慈（Jonh Keats）的《夜鶯歌》，與禽中有夜鶯一樣的神奇。除非你親耳聽過，你不容易相信樹林裏有一類發癡的鳥，天晚了才開口唱，在黑暗裏傾吐她的妙樂，愈唱愈有勁，往往直唱到天亮，連真的心血都跟著歌聲從她的血管裏嘔出；除非你親自咀嚼過，你也不易相信一個二十三歲的青年有一天早飯後坐在一株李樹底下迅筆的寫，不到三小時寫成了一首八段八十行的長歌，這歌裏的音樂與夜鶯的歌聲一樣的不可理解，同是宇宙間一個奇蹟，即使有哪一天大英帝國破裂成無可記認的斷片時，《夜鶯歌》依舊保有他無比的價值：萬萬里外的星亙古的亮著，樹林裏的夜鶯到時候就來唱著，濟慈的夜鶯歌永遠在人類的記憶裏存著。

那年濟慈住在倫敦的Wentworth Place。①百年前的倫敦與現在的英京大不相同，那時候「文明」的沾染比較的不深，所以華次華士站在威士明治德橋上，還可以放心的謳歌清晨的倫敦，還有福氣在「無煙的空氣」裏呼吸，望出去也還看得見「田地、小山、石頭、曠野，一直開拓到天邊」。那時候的人，我猜想，也一定比較的不野蠻，近人情，愛自然，所以白天聽得著滿天的雲雀，夜裏聽得著夜鶯的妙樂。要是濟慈遲一百年出世，在夜鶯絕跡了的倫敦市裡住著，他別的著作不敢說，這首夜鶯歌至少，怕就不會成功，供人類無盡期的享受。說起真覺得可慘，在我們南方，古蹟而兼是藝術品的，止淘成②了西湖上一座孤單的雷峰塔，這千百年來雷峰塔的文學還不曾見面，雷峰塔的映影已經永別了波心！也許我們的靈性是麻皮做的，木屑做的，要不然這時代普遍的苦痛與煩惱的呼聲，還不是最富靈感的天然音樂；——但是我們的濟慈在哪裡？我們的《夜鶯歌》在哪裡？濟慈有一次低低的自語——「I feel the flowers growing on me」。意思是「我覺得鮮花一朵朵的長上了我的身」，就是說他一想著了鮮花，他的本體就變成了鮮花，在草叢裏掩映著，在陽光裏閃亮著，在和風裏一瓣瓣的無形的伸展著，在蜂蝶輕薄的口吻下羞暈著。這是想像力最純粹的境界：孫猴子能七十二般變化，詩人的變化力更是不可限量——沙士比亞戲劇裏至少有一百多個永遠有生命的人物，男的女的、貴的賤的、偉大的、卑瑣的、嚴肅的、滑稽的，還不是他自己搖身一變變出來的。濟慈與雪萊最有這與自然諧合的變術；——雪萊製《雲歌》時，我們不知道雪萊變了雲還是雲變了雪萊；歌《西風》時，不知道歌者是西風還是西風是歌者；頌《雲雀》時，不知道是詩人在九霄雲端裏唱著還是百靈鳥在字句裏叫著；同樣的，濟慈詠「憂鬱」「Ode on Melancholy」時，他自己就變了憂鬱本體，「忽然從天上掉下來像一朵哭泣的雲」；他讚美「秋」（To Autumn）時，他自己就是在樹葉底下掛著的葉子中心那顆漸漸發長的核仁兒，或是在稻田裏靜偃著玫瑰色的秋陽！這樣比稱起來，如其趙松雪關緊房門伏在地下學馬的故事可信時，那我們的藝術家就落粗蠢，不堪的「鄉下人氣味」！

他那《夜鶯歌》是他一個哥哥死的那年做的，據他的朋友有名肖像畫家Robert Haydon給Miss Mitford的信裏說，他在沒有寫下以前早就起了腹稿，一天晚上他們倆在草地裏散步時濟慈低低的背誦給他聽——「……in a low,tremulous undertone which affected me extremely.」③那年碰巧——據著《濟慈傳》

的Lord Houghton④說，在他屋子的鄰近來了一隻夜鶯，每晚不倦的歌唱，他很快活，常常留意傾聽，一直聽得他心痛神醉逼著他從自己的口裏複製了一套不朽的歌曲。我們要記得濟慈二十五歲那年在義大利在他一個朋友的懷抱裏作古，他是，與他的夜鶯一樣，嘔血死的！

能完全領略一首詩或是一篇戲曲，是一個精神的快樂，一個不期然的發現。這不是容易的事；要完全瞭解一個人的品性是十分難，要完全領會一首小詩也不得容易。我簡直想說一半得靠你的緣分，我真有點兒迷信。就我自己說，文學本不是我的行業，我的有限的文學知識是「無師傳授」的。裴德（Walter Pater）⑤是一天在路上碰著大雨到一家舊書舖去躲避無意中發現的，哥德（Goethe）⑥——說來更怪了——是司蒂文孫（R.L.S.）⑦介紹給我的（在他的Art of Writing⑧那書裏他稱讚George Henry Lewes⑨的《葛德評傳》；Everyman edition⑩一塊錢就可以買到一本黃金的書），柏拉圖是一次在浴室裏忽然想著要去拜訪他的。雪萊是爲他也離婚才去仔細請教他的，杜思退益夫斯基、托爾斯泰、丹農雪烏、波特萊耳⑪、盧騷，這一班人也各有各的來法，反正都不是經由正宗的介紹：都是邂逅，不是約會。這次我到平大教書也是偶然的，我教著濟慈的《夜鶯歌》也是偶然的，乃至我現在動手寫這一篇短文，更不是料得到的。友鸞⑫再三要我寫才鼓起我的興來，我也很高興寫，因爲看了我的乘興的話，竟許有人不但發願去讀那《夜鶯歌》，並且從此得到了一個親口嘗味最高級文學的門徑，那我就得意極了。

但是叫我怎樣講法呢？在課堂裏一頭講生字一頭講典故，多少有一個講法，但是現在要我坐下來把這首整體的詩分成片段詮釋它的意義，可真是一個難題！領略藝術與看山景一樣，只要你地位站得適當，你這一望一眼便吸收了全景的精神；要你「遠視」的看，不是近視的看；如其你捧住了樹才能見樹，那時即使你不惜工夫一株一株的審查過去，你還是看不到全林的景子。所以分析的看藝術，多少是殺風景的：綜合的看法才對。所以我現在勉強講這《夜鶯歌》，我不敢說我能有什麼心得的見解！我並沒有！我只是在課堂裏講書的態度，按句按段的講下去就是；至於整體的領悟還得靠你們自己，我是不能幫忙的。

你們沒有聽過夜鶯先是一個困難。北京有沒有我都不知道。下回蕭友梅先生的音樂會要是有貝德花芬的第六個「沁芳南」（The Pastoral Symphony）時，你們可以去聽聽，那裏面有夜鶯的歌聲。好吧，我們只能要同意聽音樂——自然的或人爲的——有時可以使我們聽出神：譬如你晚上在山腳下獨步時聽著清越的笛聲，遠遠的飛來，你即使不滴淚，你多少不免「神往」不是？或是在山中聽泉樂，也可使你忘卻俗景，想像神境。我們假定夜鶯的歌聲比我們白天聽著的什麼鳥都要好聽；她初起像是龔雲甫⑬，嗓子發沙的，很懈的試她的新歌；頓上一頓，來了，有調了。可還不急，只是清脆悅耳，像是珠走玉盤（**比喻是滿不相干的！**）。慢慢的她動了情感，彷彿忽然想起了什麼事情使她激成異常的憤慨似的，她這才真唱了，聲音越來越亮，調門越來越新奇，情緒越來越熱烈，韻味越來越深長，像是無限的歡暢，像是豔麗的怨慕，又像是變調的悲哀——直唱得你在旁傾聽的人不自主的跟著她興奮，伴著她心跳。你恨不得和著她狂歌，就差你的嗓子太粗太濁合不到一起！這是夜

鶯；這是濟慈聽著的夜鶯，本來晚上萬籟靜定後聲音的感動力就特強，何況夜鶯那樣不可模擬的妙樂。

好了；你們先得想像你們自己也教音樂的沉醴浸醉了，四肢軟綿綿的，心頭癢薺薺的，說不出的一種濃味的馥郁的舒服，眼簾也是懶洋洋的掛不起來，心裏滿是流膏似的感想，遼遠的回憶，甜美的惆悵，閃光的希冀，微笑的情調一齊兜上方寸靈台時——再來——「in a low, tremulous undertone」⑭——開誦濟慈的《夜鶯歌》，那才對勁兒！

這不是清醒時的說話；這是半夢囈的私語：心裏暢快的壓迫太重了流出口來綣繾的細語——我們用散文譯過他的意思來看——

一

「這唱歌的，唱這樣神妙的歌的，決不是一隻平常的鳥；她一定是一個樹林裏美麗的女神，有翅膀會得飛翔的。她真樂呀，你聽獨自在黑夜的樹林裏，在枝幹交叉，濃蔭如織的青林裏，她暢快的開放她的歌調，讚美著初夏的美景，我在這裏聽她唱，聽的時候已經很多，她還是恣情的唱著；啊，我真被她的歌聲迷醉了，我不敢羨慕她的清福，但我卻讓她無邊的歡暢催眠住了，我像是服了一劑麻藥，或是喝盡了一劑鴉片汁，要不然為什麼這睡昏昏思離離的像進了黑甜鄉似的，我感覺著一種微倦的麻痹，我太快活了，這快感太尖銳了，竟使我心房隱隱的生痛了！」

二

「你還是不倦的唱著——在你的歌聲裏我聽出了最香冽的美酒的味兒。啊，喝一杯陳年的真葡萄釀真痛快呀！那葡萄是長在暖和的南方的，普魯罔斯⑮那種地方，那邊有的是幸福與歡樂，他們男的女的整天在寬闊的太陽光底下作樂，有的攜著手跳春舞，有的彈著琴唱戀歌；再加那遍野的香草與各樣的樹馨——在這快樂的地土下他們有酒窖埋著美酒。現在酒味益發的澄靜，香冽了。真美呀，真充滿了南國的鄉土精神的美酒，我要來引滿一杯，這酒好比是希寶克林靈泉的泉水，在日光裏灩灩發虹光的清泉，我拿一只古爵盛一個撲滿。啊，看呀！這珍珠似的酒沫在這杯邊上發瞬，這杯口也叫紫色的濃漿染一個鮮豔；你看看，我這一口就把這一大杯酒吞了下去——這才真醉了，我的神魂就脫離了軀殼，幽幽的辭別了世界，跟著你清唱的音響，像一個影子似淡淡的掩入了你那暗沉沉的林中。」

三

想起這世界真叫人傷心。我是無沾戀的，巴不得有機會可以逃避，可以忘懷種種不如意的現象，不比你在青林茂蔭裏過無憂的生活，你不知道也無須過問我們這寒傖的世界，我們這裏有的是熱病、厭倦、煩惱，平常朋友們見面時只是愁顏相對，你聽我的牢騷，我聽你的哀怨；老年人耗盡

了精力，聽憑痹症搖落他們僅存的幾莖可憐的白髮；年輕人也是叫不如意事蝕空了，滿臉的憔悴，消瘦得像一個鬼影，再不然就進墓門；真是除非你不想他，你要一想的時候就不由得你發愁，不由得你眼睛裏鈍遲遲的充滿了絕望的晦色；美更不必說，也許難得在這裏，那裏，偶然露一點痕跡，但是轉瞬間就變成落花流水似沒了，春光是挽留不住的，愛美的人也不是沒有，但美景既不常駐人間，我們至多只能實現暫時的享受，笑口不曾全開，愁顏又回來了！因此我只想順著你歌聲離別這世界，忘卻這世界，解化這憂鬱沉沉的知覺。」

四

「人間真不值得留戀，去吧，去吧！我也不必乞靈於培克司（酒神）與他那寶輦前的文豹，只憑詩情無形的翅膀我也可以飛上你那裏去。啊，果然來了！到了你的境界了！這林子裏的夜是多溫柔呀，也許皇后似的明月此時正在她天中的寶座上坐著，周圍無數的星辰像侍臣似的拱著她。但這夜卻是黑，暗陰陰的沒有光亮，只有偶然天風過路時把這青翠蔭蔽吹動，讓半亮的天光絲絲的漏下來，照出我腳下青茵濃密的地土。」

五

「這林子裏夢沉沉的不漏光亮，我腳下踏著的不知道是什麼花，樹枝上滲下來的清馨也辨不清是什麼香；在這薰香的黑暗中我只能按著這時令猜度這時候青草裏，矮叢裏，野果樹上的各色花香；——乳白色的山楂花，有刺的野薔薇，在葉叢裏掩蓋著的芝羅蘭已快萎謝了，還有初夏最早開的麝香玫瑰，這時候準是滿承著新鮮的露釀，不久天暖和了，到了黃昏時候，這些花堆裏多的是採花來的飛蟲。」

我們要注意從第一段到第五段是一順下來的：第一段是樂極了的譫語，接著第二段聲調跟著南方的陽光放亮了一些，但情調還是一路的纏綿。第三段稍爲激起一點浪紋，迷離中夾著一點自覺的憤慨，到第四段又沉了下去，從「already with thee!」，語調又極幽微，像是小孩子走入了一個陰涼的地窖子，骨髓裏覺著涼，心裏卻覺著半害怕的特別意味，他低低的說著話，帶顫動的，斷續的；又像是朝上風來吹斷清夢時的情調；他的詩魂在林子的黑蔭裏聞著各種看不見的花草的香味，私下一一的猜測訴說，像是山澗平流入湖水時的尾聲……這第六段的聲調與情調可全變了；先前只是暢快的惝恍，這下竟是極樂的譫語了。他樂極了，他的靈魂取得了無邊的解說與自由，他就想永保這最痛快的俄頃，就在這時候輕輕的把最後的呼吸和入了空間，這無形的消滅便是極樂的永生；他在另一首詩裏說——

I know this being's lease,
My fancy to its utmost bliss spreads,

Yet could I on this very midnight cease,
And the world's gaudy ensign see in shreds;
Verse,Fame and Beauty are in tense indeed,
But death in tenser-Death is Life's high mœd.⑯

在他看來，（或是在他想來），「生」是有限的，生的幸福也是有限的——詩，聲名與美是我們活著時最高的理想，但都不及死，因爲死是無限的，解化的，與無盡流的精神相投契的，死才是生命最高的蜜酒，一切的理想在生前只能部分的，相對的實現，但在死裏卻是整體的絕對的諧合，因爲在自由最博大的死的境界中，一切不調諧的全調諧了，一切不完全的都完全了。

他這一段用的幾個狀詞要注意，他的死不是苦痛，是「Easeful death」舒服的，或是竟可以翻作「逍遙的死」；還有他說「Quiet breath」，幽靜或是幽靜的呼吸，這個觀念在濟慈詩裏常見，很可注意；他在一處排列他得意的幽靜的比象——

AUTUMN SUNS
Smiling at eve upon the quiet sheaves,
Sweet Sapphos Cheek-a sleeping infant's breath-

The gradual sand that througn an hour glass runs
A woodland rivulet,a Poet's death.⑰

秋田裏的晚霞，沙浮⑱女詩人的香腮，睡孩的呼吸，光陰漸緩的流沙，山林裏的小溪，詩人的死。他詩裏充滿著靜的，也許香豔的，美麗的靜的意境，正如雪萊的詩裏無處不是動，生命的振動，劇烈的，有色彩的，嘹亮的。我們可以拿濟慈的《秋歌》對照雪萊的《西風歌》，濟慈的「夜鶯」對比雪萊的「雲雀」，濟慈的「憂鬱」對比雪萊的「雲」，一是動，舞，生命，精華的，光亮的，搏動的生，一是靜，幽，甜熟的，漸緩的，「奢侈」的死，比生命更深奧更博大的死，那就是永生。懂了他的生死的概念我們再來解釋他的詩。

六

「但是我一面正在猜測著這青林裏的這樣那樣，夜鶯他還是不歇的唱著，這回唱得更濃更烈了。（先前只像荷池裏的雨聲，調雖急，韻節還是很勻淨的；現在竟像是大塊的驟雨落在盛開的丁香林中，這白英在狂顫中繽紛的墮地，雨中的一陣香雨，聲調急促極了。）所以我竟想在這極樂中靜靜的解化，平安的死去，所以我竟與無痛苦的解脫發生了戀愛，昏昏的隨口編著鍾愛的名字唱著讚美他，要他領了我永別這生的世界，投入永生的世界。這死所以不僅不是痛苦，真是最高的幸

福，不僅不是不幸，並且是一個極大的奢侈；不僅不是消極的寂滅，這正是真生命的實現。在這青林中，在這半夜裏，在這美妙的歌聲裏，輕輕的挑破了生命的水泡，啊，去吧！同時你在歌聲中傾吐了你的內蘊的靈性，放膽的盡性的狂歌好像你在這黑暗裏看出比光明更光明的光明，在你的葉蔭中實現了比快樂更快樂的快樂；——我即使死了，你還是繼續的唱著，直唱到我聽不著，變成了土，你還是永遠的唱著。」

這是全詩精神最飽滿音調最神靈的一節，接著上段死的意思與永生的意思，他從自己又回想到那鳥的身上，他想我可以在這歌聲裏消散，但這歌聲的本體呢？聽歌的人可以由生入死，由死得生，這唱歌的鳥，又怎樣呢？以前的六節都是低調，就是第六節調雖變，音還是像在浪花裏浮沉著的一張葉片，浪花上湧時葉片上湧，浪花低伏時葉片也低伏；但這第七節是到了最高點，到了急調中的急調——詩人的情緒，和著鳥的歌聲，盡情的湧了出來；他的迷醉中的詩魂已經到了夢與醒的邊界。

七

這節裏Ruth⑲的本事是在舊約書裏The Book of Ruth⑳，她是嫁給一個客民的，後來丈夫死了，她的姑要回老家，叫她也回自己的家再嫁人去，羅司一定不肯，情願跟著她的姑到外國去守寡，後來她在麥田裏收麥，她常常想著她的本鄉，濟慈就應用這段故事。

「方才我想到死與滅亡，但是你，不死的鳥呀，你是永遠沒有滅亡的日子，你的歌聲就是你不死的一個憑證。時代盡遷異，人事盡變化，你的音樂還是永遠不受損傷，今晚上我在此地聽你，這歌聲還不是在幾千年前已經在著，富貴的王子曾經聽過你，卑賤的農夫也聽過你：也許當初羅司那孩子在黃昏時站在異邦的田裏割麥，她眼裏含著一包眼淚思念故鄉的時候，這同樣的歌聲，曾經從林子裏透出來，給她精神的慰安；也許在中古時期幻術家在海上變出蓬萊仙島，在波心裏起造著樓閣，在這裏面住著他們攝取來的美麗的女郎，她們憑著窗戶望海思鄉時，你的歌聲也曾經感動她們的心靈，給她們平安與愉快。」

八

這段是全詩的一個總束，夜鶯放歌的一個總束，也可以說人生的大夢的一個總束。他這詩裏有兩相對的（動機）；一個是這現世界，與這面目可憎的實際的生活：這是他巴不得逃避，巴不得忘卻的，一個是超現實的世界，音樂聲中不朽的生命，這是他所想望的，他要實現的，他願意解脫了不完全暫時的生，為要化入這完全的永久的生。他如何去法，憑酒的力量可以去，憑詩的無形的翅膀亦可以飛出塵寰，或是聽著夜鶯不斷的唱聲也可以完全忘卻這現世界的種種煩惱。他去了，他化入了溫柔的黑夜，化入了神靈的歌聲——他就是夜鶯，夜鶯就是他。夜鶯低唱時他也低唱，高唱時他也高唱，我們辨不清誰是誰，第六第七段充分發揮「完全的永久的生」那個動機，天空裏，黑夜裏

已經充塞了音樂——所以在這裏最高的急調尾聲一個字音forlorn㉑裏轉回到那一個動機，他所從來那個現實的世界，往來穿著的還是那一條線，音調的接合，轉變處也極自然；最後糅和那兩個相反的動機，用醒（現世界）與夢（想像世界）結束全文，像拿一塊石子擲入山壑內的深潭裏，你聽那音響又清切又諧和。餘音還在山壑裏迴蕩著，使你想見那石塊慢慢的，慢慢的沉入了無底的深潭……音樂完了，夢醒了，血嘔盡了，夜鶯死了！但他的餘韻卻嫋嫋的永遠在宇宙間迴響著……

注釋

①即文特沃思村。實際上，該處是濟慈的女友范妮·布勞納的家，濟慈寫《夜鶯頌》的時候還在漢普斯泰德，他是去義大利療養前的一個月才搬到這裏的。
②淘成，浙江方言，這裏是「剩存」的意思。
③意思是：「……那低沉而顫抖的鳴囀深深地感染了我。」
④通譯雷頓爵士（1809-1855），英國詩人，曾出版濟慈的書信和遺著。
⑤通譯佩特（1839-1894），英國詩人、批評家，著有《文藝復興史研究》等。
⑥通譯歌德（1749-1832），德國詩人，著有《浮士德》、《少年維特之煩惱》等。
⑦通譯斯蒂文森（1850-1894），英國作家。
⑧即《寫作的藝術》。

⑨通譯喬治・亨利・路易斯（1817-1878），美國哲學家、文學評論家，還做過演員和編輯。

⑩即書籍的普及版。

⑪通譯波德賴爾（1821-1867），法國詩人。

⑫即張友鸞（1904-1989），作家、翻譯家。當時他在主編《京報》副刊《文學週刊》。

⑬龔雲甫（1862-1932），京劇演員，擅長老旦戲。下文中的「她」，是指他的角色身分。

⑭意思是：「低沉顫抖的鳴囀」。

⑮通譯普羅旺斯，法國南方的一個省。

⑯大意是：我知道人的壽限，我的想像向極樂伸展著，可是我可能就在今晚死去，並把這塵世的浮名棄若敝屣。詩歌，美名，美貌確實是強烈的，但死更強烈——死是生活最高的報酬。

⑰意為：秋陽黃昏時在寂靜的草叢微笑。甜蜜的沙浮的面頰——睡嬰的呼喚——。從沙漏裡逐漸留下的沙粒。林地上的一條小溪，詩人死了。

⑱通譯莎福（前7-前6世紀），古希臘女詩人。

⑲通譯露絲，聖經《舊約・路得記》中的一個人物。不過，濟慈的《夜鶯頌》至第七節才用到這個典故，徐志摩這裏把她錯到第六節裏去了。

⑳即《舊約・路得記》。

㉑孤寂。

我的彼得①

新近有一天晚上，我在一個地方聽音樂，一個不相識的小孩，約莫八九歲光景，過來坐在我的身邊，他說的話我不懂，我也不易使他懂我的話，那可並不妨事，因爲在幾分鐘內我們已經是很好的朋友，他拉著我的手，我拉著他的手，一同聽台上的音樂。他年紀雖則小，他音樂的興趣已經很深：他比著手勢告我他也有一張提琴，他會拉，並且說那幾個是他已經學會的調子。他那資質的敏慧，性情的柔和，體態的秀美，不能使人不愛，而況我本來是喜歡小孩們的。

但那晚雖則結識了一個可愛的小友，我心裏卻並不快爽；因爲不僅見著他使我想起你，我的小彼得，並且在他活潑的神情裏我想見了你，彼得，假如你長大的話，與他同年齡的影子。你在時，與他一樣，也是愛音樂的；雖則你回去的時候剛滿三歲，你愛好音樂的故事，從你襁褓時起，我屢次聽你媽與你的「大大」講，不但是十分的有趣可愛，竟可說是你有天賦的憑證，在你最初開口學話的日子，你媽已經寫信給我，說你聽著了音樂便異常的快活，說你在坐車裏常常伸出你的小手在車欄上跟著音樂按拍；你稍大些會得淘氣的時候，你媽說，只要把話匣開上，你便在旁邊乖乖的坐著靜聽，再也不出聲不鬧：——並且你有的是可驚的口味，是貝德花芬是槐格納你就愛，要是中國的戲片，你便蓋沒了你的小耳，決意不讓無意味的鑼鼓，打攪你的清聽！你的大大（她多疼你！）講給我聽你得小提琴的故事：怎樣那晚上買琴來的時候你已經在你的小床上睡好，怎樣她們爲怕你起來鬧，趕快滅了亮燈把琴放在你的床邊，怎樣你這小機靈早已看見，卻偏不作聲，等你媽與大大都上了床，你才偷偷的爬起來，摸著了你的寶貝，再也忍不住的你技癢，站在漆黑的床邊，就開始你「截桑柴」的本領，後來怎樣她們干涉了你，你便乖乖的把琴抱進你的床去，一起安眠。她們又講你怎樣喜歡拿著一根短棍站在桌上摹仿音樂會的導師，你那認真的神情常常叫在座人大笑。此外還有不少趣話，大大記得最清楚，她都講給我聽過。但這幾件故事已夠見證你小小的靈性裏早長著音樂的慧根。實際我與你媽早經同意想叫你長大時留在德國學習音樂；——誰知道在你的早殤裏我們不失去了一個可能的毛贊德（Mozart）：在中國音樂最饑荒的日子，難得見這一點希冀的青芽，又教命運無情的腳根踏倒，想起怎不可傷？

彼得，可愛的小彼得，我「算是」你的父親，但想起我做父親的往跡，我心頭便湧起了不少的感想；我的話你是永遠聽不著了，但我想借這悼念你的機會，稍稍疏洩我的積愫，在這不自然的世界上，與我境遇相似或更不如的當不在少數，因此我想說的話或許還有人聽，竟許有人同情。就是你媽，彼得，她也何嘗有一天接近過快樂與幸福，但她在她同樣不幸的境遇中證明她的智斷，她的忍耐，尤其是她的勇敢與膽量；所以至少她，我敢相信，可以懂得我話裏意味的深淺，也只有她，我敢說，最有資格指證或相詮釋，在她有機會時，我的情感的真際。

但我的情愫！是怨，是恨，是懺悔，是悵惘？對著這不完全，不如意的人生，誰沒有怨，誰沒有恨，誰沒有悵惘？除了天生顢頇的，誰不曾在他生命的經途中——葛德說的——和著悲哀吞他的飯，誰不曾擁著半夜的孤衾飲泣？我們應得感謝上蒼的是他不可度量的心裁，不但在生物的境界中他創造了不可計數的種類，就這悲哀的人生也是因人差異，各各不同，——同是一個碎心，卻沒有同樣的碎痕，同是一滴眼淚，卻難尋同樣的淚晶。

彼得我愛，我說過我是你的父親。但我最後見你的時候你才不滿四月，這次我再來歐洲你已經早一個星期回去，我見著的只你的遺像，那太可愛，與你一撮的遺灰，那太可慘。你生前日常把弄的玩具——小車，小馬，小鵝，小琴，小書——你媽曾經件件的指給我看，你在時穿著的衣褂鞋帽，你媽與你大大也曾含著眼淚從箱裏理出來給我撫摩，同時她們講你生前的故事，直到你的影像活現在我的眼前，你的腳蹤彷彿在樓板上踹響。

你是不認識你父親的，彼得，雖則我聽說他的名字常在你的口邊，他的肖像也常受你小口的親吻，多謝你媽與你大大的慈愛與真摯，她們不僅永遠把你放在她們心坎的底裏，她們也使我，沒福見著你的父親，知道你，認識你，愛你，也把你的影像，活潑，美慧，可愛，永遠鏤上了我的心版。那天在柏林的會館裏，我手捧著那收存你遺灰的錫瓶，你媽與你七舅站在旁邊止不住滴淚，你的大大哽咽著，把一個小花圈掛上你的門前——那時間我，你的父親，覺著心裏有一個尖銳的刺痛，這才初次明白曾經有一點血肉從我自己的生命裏分出，這才覺著父性的愛像泉眼似的在性靈裏汩汩的流出：只可惜是遲了，這慈愛的甘液不能救活已經萎折了的鮮花，只能在他紀念日的周遭永遠無聲的流轉。

彼得，我說我要借這機會稍稍爬梳我年來的鬱積；但那也不見得容易：要說的話彷彿就在口邊，但你要它們的時候，它們又不在口邊；像是長在大塊岩石底下的嫩草，你得有力量翻起那岩石才能把它不傷損的連根起出——誰知道那根長的多深！是恨，是怨，是懺悔，是悵惘？許是恨，許是怨，許是懺悔，許是悵惘。荆棘刺入了行路人的脛踝，他才知道這路的難走；但爲什麼有荆棘？是它們自己長著，還是有人成心種著的？也許是你自己種下的？至少你不能完全抱怨荆棘，一則因爲這道是你自願才來走的，再則因爲那刺傷是你自已的腳踏上了荆棘的結果，不是荆棘自動來刺你——但又誰知道？因此我有時想，彼得，像你倒真是聰明：你來時是一團活潑，光亮的天真，你去時也還是一個光亮，活潑的靈魂；你來人間真像是短期的作客，你知道的是慈母的愛，陽光的和暖與花草的美麗，你離開了媽的懷抱，你回到了天父的懷抱，我想他聽你欣欣的回報這番作客——只嘗甜漿，不吞苦水——的經驗，他上年紀的臉上一定滿佈著笑容——你的小腳踝上不曾碰著過無情的荆刺，你穿來的白衣不曾沾著一斑的泥污。

但我們，比你住久的，彼得，卻不是來作客；我們是遭放逐，無形的解差永遠在後背催逼著我們趕道：爲什麼受罪，前途是那裡，我們始終不曾明白，我們明白的只是底下流血的脛踝，只是這無恩的長路，這時候想回頭已經太遲，想中止也不可能，我們真的羨慕，彼得，像你那謫期的簡淨。

在這道上遭受的，彼得，還不止是難，不止是苦，最難堪是逐步相追的嘲諷，身影似的不可解

脫。我既是你的父親，彼得，比方說，爲什麼我不能在你的生前，日子雖短，給你應得的慈愛，爲什麼要到這時候，你已經去了不再回來，我才覺著骨肉的關連？並且假如我這番不到歐洲，假如我在萬里外接到你的死耗，我怕我只能看作水面上的雲影，來時自來，去時自去：正如你生前我不知欣喜，你在時我不知愛惜，你去時也不能過分動我的情感。我自分不是無情，不是寡恩，爲什麼我對自身的血肉，反是這般不近情的冷漠？彼得，我問爲什麼，這問的後身便是無限的隱痛；我不能怨，我不能恨，更無從悔，我只是悵惘，我只能問！明知是自苦的揶揄，但我只能忍受。而況揶揄還不止此，我自身的父母，何嘗不赤心的愛我；但他們的愛卻正是造成我痛苦的原因；我自己也何嘗不篤愛我的親親，但我不僅不能盡我的責任，不僅不曾給他們想望的快樂，我，他們的獨子，也不免加添他們的煩愁，造作他們的痛苦，這又是爲什麼？在這裏，我也是一般的不能恨，不能怨，更無從悔，我只是悵惘——我只能問。昨天我是個孩子，今天已是壯年；昨天腮邊還帶著圓潤的笑渦，今天頭上已見星星的白髮；光陰帶走的往跡，再也不容追贖，留下在我們心頭的只是些揶揄的鬼影；我們在這道上偶爾停步回想的時候，只能投一個虛圈的「假使當初」，解嘲已往的一切。但已往的教訓，即使有，也不能給我們利益，因爲前途還是不減啓程時的渺茫，我們還是不能選擇取由的途徑——到那天我們無形的解差喝住的時候，我們唯一的權利，我猜想，也只是再丟一個虛圈更大的「假使」，圓滿這全程的寂寞，那就是止境了。

注釋

①徐志摩與前妻張幼儀生的第二個孩子，生於德國，故又名德生，三歲時死於柏林。

迎上前去

這回我不撒謊，不打隱謎，不唱反調，不來烘托；我要說幾句至少我自己信得過的話，我要痛快的招認我自己的虛實，我願意把我的花押畫在這張供狀的末尾。

我要求你們大量的容許，准我在我第一天接手《晨報副刊》的時候，介紹我自己，解釋我自己，鼓勵我自己。

我相信真的理想主義者是受得住眼看他往常保持著的理想煨成灰，碎成斷片，爛成泥，在這灰、這斷片、這泥的底裡，他再來發現他更偉大、更光明的理想。我就是這樣的一個。

只有信生病是榮耀的人們才來不知恥的高聲嚷痛；這時候他聽著有腳步聲，他以為有幫助他的人向著他來，誰知是他自己的靈性離了他去！真有志氣的病人，在不能自己豁脫苦痛的時候，寧可死休，不來忍受醫藥與慈善的侮辱。我又是這樣的一個。

我們在這生命裡到處碰頭失望，連續遭逢「幻滅」，頭頂只見烏雲，地下滿是黑影；同時我們的年歲、病痛、工作、習慣，惡狠狠的壓上我們的肩背，一天重似一天，在無形中嘲諷的呼喝著，「倒，倒，你這不量力的蠢才！」因此你看這滿路的倒屍，有全死的，有半死的，有爬著掙扎的，有默無聲息的……嘿！生命這十字架，有幾個人抗得起來？

但生命還不是頂重的擔負，比生命更重實更壓得死人的是思想那十字架。人類心靈的歷史裡能有幾個天成的孟賁烏育？在思想可怕的戰場上我們就只有數得清有限的幾具光榮的屍體。

我不敢非分的自誇；我不夠狂，不夠妄。我認識我自己力量的止境，但我卻不能制止我看了這時候國內思想界萎癟現象的憤懣與羞惡。我要一把抓住這時代的腦袋，問它要一點真思想的精神給我看看——不是借來的稅來的冒來的描來的東西，不是紙糊的老虎，搖頭的傀儡，蜘蛛網幕面的偶像；我要的是筋骨裡迸出來，血液裡激出來，性靈裡跳出來，生命裡震盪出來的真純的思想。我不來問他要，是我的懦怯；他拿不出來給我看，是他的恥辱。朋友，我要你選定一邊，假如你不能站在我的對面，拿出我要的東西來給我看，你就得站在我這一邊，幫著我對這時代挑戰。

我預料有人笑罵我的大話。是的，大話。我正嫌這年頭的話太小了，我們得造一個比小更小的字來形容這年頭聽著的說話，寫下印成的文字；我們得請一個想像力細緻如史魏夫脫（Dean Swift）的來描寫那些說小話的小口，說尖話的尖嘴。一大群的食蟻獸！他們最大的快樂是忙著他們的尖喙在泥土裡墾尋細微的螞蟻。螞蟻是吃不完的，同時這可笑的尖嘴卻益發不住的向尖的方向進化，小心再隔幾代連螞蟻這食料都顯太大了！

我不來談學問，我不配，我書本的知識是真的十二分的有限。年輕的時候我念過幾本極普通的中國書，這幾年不但沒有知新，溫故都說不上，我實在是孤陋，但我卻抱定孔子的一句話「知之爲知之，不知爲不知，是知也」，決不來強不知爲知；我並不看不起國學與研究國學的學者，我十二分尊敬他們，只是這部分的工作我只能艷羨的看他們去做，我自己恐怕不但今天，竟許這輩子都

沒希望參加的了。外國書呢？看過的書雖則有幾本，但是真說得上「我看過的」能有多少，說多一點，三兩篇戲，十來首詩五六篇文章，不過這樣罷了。

科學我是不懂的，我不曾受過正式的訓練，最簡單的物理化學，都說不明白，我要是不預備就去考中學校，十分裡有九分是落第，你信不信！天上我只認識幾顆大星，地上幾棵大樹，這也不是先生教我的；從先生那裡學來的，十幾年學校教育給我的，究竟有些什麼，我實在想不起，說不上，我記得的只是幾個教授可笑的嘴臉與課堂裡強烈的催眠的空氣。

我人事的經驗與知識也是同樣的有限，我不曾做過工；我不曾嘗味過生活的艱難，我不曾打過仗，不曾坐過監，不曾進過什麼秘密黨，不曾殺過人，不曾做過買賣，發過一個大的財。

所以你看，我只是個極平常的人，沒有出人頭地的學問，更沒有非常的經驗。但同時我自信我也有我與人不同的地方。我不曾投降這世界。我不受它的拘束。

我是一隻沒籠頭的野馬，我從來不曾站定過。我人是在這社會裡活著，我卻不是這社會裡的一個，像是有離魂病似的，我這軀殼的動靜是一件事，我那夢魂的去處又是一件事。我是一個傻子，我曾經妄想在這流動的生裡發現一些不變的價值，在這打謊的世上尋出一些不磨滅的真，在我這靈魂的冒險是生命核心裡的意義；我永遠在無形的經驗的巉巖上爬著。

冒險——痛苦——失敗——失望，是跟著來的，存心冒險的人就得打算他最後的失望；但失望卻不是絕望，這分別很大。我是曾經遭受失望的打擊，我的頭是流著血，但我的脖子還是硬的；我不能讓絕望的重量壓住我的呼吸，不能讓悲觀的慢性病侵蝕我的精神，更不能讓厭世的惡質染黑我的血液。厭世觀與生命是不可並存的；我是一個生命的信徒，起初是的，今天還是的，將來我敢說也是的。我決不容忍性靈的頽唐，那是最不可救藥的墮落，同時卻繼續軀殼的存在；在我，單這開口說話，提筆寫字的事實，就表示後背有一個基本的信仰，完全的沒破綻的信仰；否則我何必再做什麼文章，辦什麼報刊？

但這並不是說我不感受人生遭遇的痛創；我決不是那童騃性的樂觀主義者；我決不來指著黑影說這是陽光，指著雲霧說這是青天，指著分明的惡說這是善；我並不否認黑影、雲霧與惡，我只是不懷疑陽光與青天與善的實在；暫時的掩蔽與侵蝕，不能使我們絕望，這正應得加倍的激動我們尋求光明的決心。前幾天我覺著異常懊喪的時候，無意中翻著尼采的一句話，極簡單的幾個字卻涵有無窮的意義與強悍的力量，正如天上星斗的縱橫與山川的經緯，在無聲中暗示你人生的奧義，袪除你的迷惘，照亮你的思路，他說「受苦的人沒有悲觀的權利」（The sufferer has no right to pessimism），我那時感受一種異樣的驚心，一種異樣的澈悟：——

我不辭痛苦，因為我要認識你，上帝；
我甘心，甘心在火焰裡存身，
到最後那時辰見我的真，

見我的真，我定了主意，上帝，再不遲疑！

所以我這次從南邊回來，決意改變我對人生的態度，我寫信給朋友說這來要來認真做一點「人的事業」了。——

我再不想成仙，蓬萊不是我的份；
我只要這地面，情願安分的做人。

在我這「決心做人，決心做一點認真的事業」，是一個思想的大轉變；因爲先前我對這人生只是不調和不承認的態度，因此我與這現世界並沒有什麼相互的關係，我是我，它是它，它不能責備我，我也不來批評它。但這來我決心做人的宣言卻就把我放進了一個有關係，負責任的地位，我再不能張著眼睛做夢，從今起得把現實當現實看：我要來察看，我要來檢查，我要來清除，我要來顛撲，我要來挑戰，我要來破壞。

人生到底是什麼？我得先對我自己給一個相當的答案。人生究竟是什麼？爲什麼這形形色色的，紛擾不清的現象——宗教、政治、社會、道德、藝術、男女、經濟？我來是來了，可還是一肚子的不明白，我得慢慢的看古玩似的，一件件拿在手裡看一個清切再來說話，我不敢保證我的話一定在行，我敢擔保的只是我自己思想的忠實；我前面說過我的學識是極淺陋的，但我卻並不因此自餒，有時學問是一種束縛，知識是一層障礙，我只要能信得過我能看的眼，能感受的心，我就有我的話說；至於我說的話有沒有人聽，有沒有人懂，那是另外一件事我管不著了——「有的人身死了才出世的」，誰知道一個人有沒有真的出世那一天？

是的，我從今起要迎上前去！生命第一個消息是活動，第二個消息是搏鬥，第三個消息是決定；思想也是的，活動的下文就是搏鬥。搏鬥就包含一個搏鬥的對象，許是人，許是問題，許是現象，許是思想本體。一個武士最大的期望是尋著一個相當的敵手，思想家也是的，他也要一個可以較量他充分的力量的對象，「攻擊是我的本性，」一個哲學家說，「要與你的對手相當——這是一個正直的決鬥的第一個條件。你心存鄙夷的時候你不能搏鬥。你佔上風，你認定對手無能的時候你不應當搏鬥。我的戰略可以約成四個原則：——第一，我專打正佔勝利的對象——在必要時我暫緩我的攻擊，等他勝利了再開手；第二，我專打沒有人打的對象，我這邊不會有助手，我單獨的站定一邊——在這搏鬥中我難為的只是我自己；第三，我永遠不來對人的攻擊——在必要時我只拿一個人格當顯微鏡用，借它來顯出某種普遍的，但卻隱遁不易蹤跡的惡性；第四，我攻擊某事物的動機，不包含私人嫌隙的關係，在我攻擊是一個善意的，而且在某種情況下，感恩的憑證。」

這位哲學家的戰略，我現在僭引作我自己的戰略，我盼望我將來不至於在搏鬥的沉酣中忽略了預定的規律，萬一疏忽時我懇求你們隨時提醒。我現在戴我的手套去！

巴黎的鱗爪

咳巴黎！到過巴黎的一定不會再希罕天堂；嘗過巴黎的，老實說，連地獄都不想去了。整個的巴黎就像是一床野鴨絨的墊褥，襯得你通體舒泰，硬骨頭都給熏酥了的——有時許太熱一些。那也不礙事，只要你受得住。讚美是多餘的，正如讚美天堂是多餘的；咒詛也是多餘的，正如咒詛地獄是多餘的。巴黎，軟綿綿的巴黎，只在你臨別的時候輕輕地囑咐一聲「別忘了，再來！」其實連這都是多餘的。誰不想再去？誰忘得了？

香草在你的腳下，春風在你的臉上，微笑在你的周遭。不拘束你，不責備你，不督飭你，不窘你，不惱你，不揉你。它摟著你，可不縛住你：是一條溫存的臂膀，不是根繩子。它不是不讓你跑，但它那招逗的指尖卻永遠在你的記憶裏晃著。多輕盈的步履，羅襪的絲光隨時可以沾上你記憶的顏色！但巴黎卻不是單調的喜劇。賽因河的柔波裡掩映著羅浮宮的倩影，它也收藏著不少失意人最後的呼吸。流著，溫馴的水波；流著，纏綿的恩怨。咖啡館：和著交頸的軟語，開懷的笑響，有踞坐在屋隅裏蓬頭少年計較自毀的哀思。跳舞場：和著翻飛的樂調，迷醇的酒香，有獨自支頤的少婦思量著往跡的愴心。浮動在上一層的許是光明，是歡暢，是快樂，是甜蜜，是和諧；但沉澱在底裏陽光照不到的才是人事經驗的本質：說重一點是悲哀，說輕一點是惆悵：誰不願意永遠在輕快的流波裡漾著，可得留神了你往深處去時的發現！

一天一個從巴黎來的朋友找我閒談，談起了勁，茶也沒喝，煙也沒吸，一直從黃昏談到天亮，才各自上床去躺了一歇，我一合眼就回到了巴黎，方才朋友講的情境恍恍的把我自己也纏了進去；這巴黎的夢真醇人，醇你的心，醇你的意志，醇你的四肢百體，那味兒除是親嘗過的誰能想像！——我醒過來時還是迷糊的忘了我在那兒，剛巧一個小朋友進房來站在我的床前笑吟吟喊我「你做什麼夢來了，朋友，爲什麼兩眼潮潮的像哭似的？」我伸手一摸，果然眼裏有水，不覺也失笑了——可是朝來的夢，一個詩人說的，同是這悲涼滋味，正不知這淚是爲那一個夢流的呢！

下面寫下的不成文章，不是小說，不是寫實，也不是寫夢，——在我寫的人只當是隨口曲，南邊人說的「出門不認貨」，隨你們寬容的讀者們怎樣看罷。

出門人也不能太小心了。走道總得帶些探險的意味。生活的趣味大半就在不預期的發現，要是所有的明天全是今天刻板的化身，那我們活什麼來了？正如小孩子上山就得採花，到海邊就得撿貝殼，書呆子進圖書館想撈新智慧——出門人到了巴黎就想……

你的批評也不能過分嚴正不是？少年老成——什麼話！老成是老年人的特權，也是他們的本分；說來也不是他們甘願，他們是到了年紀不得不。少年人如何能老成？老成了才是怪哪！

放寬一點說，人生只是個機緣巧合；別瞧日常生活河水似的流得平順，它那裏面多的是潛流，

多的是漩渦——輪著的時候誰躲得了給捲了進去？那就是你發愁的時候，是你登仙的時候，是你辨著酸的時候，是你嘗著甜的時候。

巴黎也不定比別的地方怎樣不同：不同就在那邊生活流波裡的潛流更猛，漩渦更急，因此你叫給捲進去的機會也就更多。

我趕快得聲明我是沒有叫巴黎的漩渦給淹了去——雖則也就夠險。多半的時候我只是站在賽因河岸邊看熱鬧，下水去的時候也不能說沒有，但至多也不過在靠岸清淺處溜著，從沒敢往深處跑——這來漩渦的紋螺，勢道，力量，可比遠在岸上時認清楚多了。

一、九小時的萍水緣

我忘不了她。她是在人生的急流裏轉著的一張萍葉，我見著了它，掬在手裏把玩了一晌，依舊交還給它的命運，任它飄流去——它以前的飄泊我不曾見來，它以後的飄泊，我也見不著，但就這曾經相識匆匆的恩緣——實際上我與她相處不過九小時——已在我的心泥上印下蹤跡，我如何能忘，在憶起時如何能不感須臾的惆悵？

那天我坐在那熱鬧的飯店裏瞥眼看著她，她獨坐在燈光最暗漆的屋角裏，這屋內哪一個男子不帶媚態，哪一個女子的胭脂口上不沾笑容，就只她：穿一身淡素衣裳，戴一頂寬邊的黑帽，在鬅密的睫毛上隱隱閃亮著深思的目光——我幾乎疑心她是修道院的女僧偶爾到紅塵裏隨喜來了。我不能不接著注意她，她的別樣的支頤的倦態，她的曼長的手指，她的落漠的神情，有意無意間的嘆息，在在都激發我的好奇——雖則我那時左邊已經坐下了一個瘦的，右邊來了肥的，四條光滑的手臂不住的在我面前晃著酒杯。但更使我奇異的是她不等跳舞開始就匆匆的出去了，好像害怕或是厭惡似的。第一晚這樣，第二晚又是這樣：獨自默默的坐著，到時候又匆匆的離去。到了第三晚她再來的時候，我再也忍不住不想法接近她。第一次得著的回音，雖則是「多謝好意，我再不願交友」的一個拒絕，只是加深了我的同情的好奇。我再不能放過她。巴黎的好處就在處處近人情；愛慕的自由是永遠容許的。你見誰愛慕誰想接近誰，決不是犯罪，除非你在經程中洩漏了你的塵氣暴氣，陋相或是貧相，那不是文明的巴黎人所能容忍的。只要你「識相」，上海人說的，什麼可能的機會你都可以利用。對方人理你不理你，當然又是一回事；但只要你的步驟對，文明的巴黎人決不讓你難堪。我不能放過她。第二次我大膽寫了個字條付中間人——店主人——交去。我心裏直怔怔的怕討沒趣。可是回話來了——她就走了，你跟著去吧。

她果然在飯店門口等著我。

你為什麼一定要找我說話，先生，像我這再不願意有朋友的人？

她張著大眼看我，口唇微微的顫著。

我的冒昧是不望恕的，但是我看了你憂鬱的神情我足足難受了三天，也不知怎的我就想接近你，和你談一次話，如其你許我，那就是我的想望，再沒有別的意思。

真的她那眼內綻出了淚來，我話還沒說完。

想不到我的心事又叫一個異邦人看透了……她聲音都啞了。

我們在路燈的燈光下默默的互注了一晌，並著肩沿馬路走去，走不到多遠她說不能走，我就問了她的允許雇車坐上，直望波龍尼大林園清涼的暑夜裏兜去。

原來如此，難怪你聽了跳舞的音樂像是厭惡似的，但既然不願意何以每晚還去？

那是我的感情作用；我有些捨不得不去，我在巴黎一天，那是我最初遇見——他的地方，但那時候的我……可是你真的同情我的際遇嗎，先生？我快有兩個月不開口了，不瞞你說，今晚見了你我再也不能制止，我爽性說給你我的生平的始末吧，只要你不嫌。我們還是回那飯莊去罷。

你不是厭煩跳舞的音樂嗎？

她初次笑了。多齊整潔白的牙齒，在道上的幽光裏亮著！有了你我的生氣就回復了不少，我還怕什麼音樂？

我們倆重進飯莊去選一個基角坐下，喝完了兩瓶香檳，從十一時舞影最凌亂時談起，直到早三時客人散盡侍役打掃屋子時才起身走，我在她的可憐身世的演述中遺忘了一切，當前的歌舞再不能分我絲毫的注意。

下面是她的自述。

我是在巴黎生長的。我從小就愛讀天方夜譚的故事，以及當代描寫東方的文學；啊東方，我的童真的夢魂哪一刻不在它的玫瑰園中留戀？十四歲那年我的姊姊帶我上北京去住，她在那邊開一個時式的帽舖，有一天我看見一個小身材的中國人來買帽子，我就覺著奇怪，一來他長得異樣的清秀，二來他爲什麼要來買那樣時式的女帽；到了下午一個女太太拿了方才買去的帽子來換了，我姊姊就問她那中國人是誰，她說是她的丈夫，說開了頭她就講她當初怎樣爲愛他觸怒了自己的父母，結果斷絕了家庭和他結婚，但她一點也不追悔，因爲她的中國丈夫待她怎樣好法，她不信西方人會得像他那樣體貼，那樣溫存。我再也忘不了她說話時滿心怡悅的笑容。從此我仰慕東方的私衷又添深了一層顏色。

我再回巴黎的時候已經長成了，我父親是最寵愛我的，我要什麼他就給我什麼。我那時就愛跳舞，啊，那些迷醉輕易的時光，巴黎哪一處舞場上不見我的舞影。我的妙齡，我的顏色，我的體態，我的聰慧，尤其是我那媚人的大眼——啊，如今你見的只是悲慘的餘生再不留當時的手韻——制定了我初期的墮落。我說墮落不是？是的，墮落，人生哪處不是墮落，這社會哪裡容得一個有姿色的女人保全她的清潔？我正快走入險路的時候，我那慈愛的老父早已看出我的傾向，私下安排了一個機會，叫我與一個有爵位的英國人接近。一個十七歲的女子哪有什麼主意，在兩個月內我就做了新娘。

說起那四年結婚的生活，我也不應得過分的抱怨，但我們歐洲的勢利的社會實在是樹心裏生了蠢，我怕再沒有回復健康的希望。我到倫敦去做貴婦人時我還是個天真的孩子，哪懂得虛僞的卑鄙的人間的底裏，我又是個外國人，到處遭受嫉忌與批評。還有我那叫名的丈夫。他娶我究竟有什麼動機我始終不明白，許貪我年輕貪我貌美帶回家去廣告他自己的手段，因爲真的我不曾感著他一息的真情；新婚不到幾時他就對我冷淡了，其實他就沒有熱過，碰巧我是個傻孩子，一天不聽著一半句軟語，不受些溫柔的憐惜，到晚上我就不自制的悲傷。他有的是錢，有的是趨奉諂媚，成天在外打獵作樂，我愁了不來慰我，我病了不來問我，連著三年抑鬱的生涯完全消滅了我原來活潑快樂的天機，到第四年實在耽不住了，我與他吵一場回巴黎再見我父親的時候，他幾乎不認識我了。我自此就永別了我的英國丈夫。因爲雖則實際的離婚手續在他方面到前年方始辦理，他從我走了後也就不再來顧問我——這算是歐洲人夫妻的情分！

我從倫敦回到巴黎，就比久困的雀兒重復飛回了林中，眼內又有了笑，臉上又添了春色，不但身體好多，就連童年時的種種想望又在我心頭活了回來。三四年結婚的經驗更叫我厭惡西歐，更叫我神往東方。東方，啊，浪漫的多情的東方！我心裏常常的懷念著。有一晚，那一個運定的晚上，我就在這屋子內見著了他，與今晚一樣的歌聲，一樣的舞影，想起還不就是昨天，多飛快的光陰，就可憐我一個單薄的女子，無端叫運神擺佈，在情網裏顛連，在經驗的苦海裏沉淪，朋友，我自分是已經埋葬了的活人，你何苦又來逼著我把往事掘起，我的話是簡短的，但我身受的苦惱，朋友，你信我，是不可量的；你望我的眼裏看，憑著你的同情你可以在剎那間領會我靈魂的真際！

他是菲利濱①人，也不知怎的我初次見面就迷了他。他膚色是深黃的，但他的性情是不可信的溫柔；他身材是短的，但他的私語有多叫人魂銷的魔力？啊，我到如今還不能怨他；我愛他太深，我愛他太真，我如何能一刻忘他，雖則他到後來也是一樣的薄情，一樣的冷酷。你不倦麼，朋友，等我講給你聽？

我自從認識了他我便傾注給他我滿懷的柔情，我想他，那負心的他，也夠他的享受，那三個月神仙似的生活！我們差不多每晚在此聚會的。秘談是他與我，歡舞是他與我，人間再有更甜美的經驗嗎？朋友你知道癡心人赤心愛戀的瘋狂嗎？因爲不僅滿足了我私心的想望，我十多年夢魂繚繞的東方理想的實現。有他我什麼都有了，此外我更有什麼沾戀？因此等到我家裏爲這事情與我開始交涉的時候，我更不躊躇的與我生身的父母根本決絕。我此時又想起了我垂髫時在北京見著的那個嫁中國人的女子，她與我一樣也爲了癡情犧牲一切，我只希冀她這時還能保持著她那純愛的生活，不比我這失運人成天在幻滅的辛辣中回味。

我愛定了他。他是在巴黎求學的，不是貴族，也不是富人，那更使我放心，因爲我早年的經驗使我迷信真愛情是窮人才能供給的。誰知他騙了我——他家裏也是有錢的，那時我在熱戀中拋棄了家，犧牲了名譽，跟了這黃臉人離卻巴黎，辭別歐洲，經過一個月的海程，我就到了我理想的燦爛的東方。啊，我那時的希望與快樂！但才出了紅海，他就上了心事，經我再三的逼，他才告訴他家裏的實情，他父親是菲利濱最有錢的土著，性情是極嚴厲的，他怕輕易不能收受我進他們的家庭。

我真不願意把此後可憐的身世煩你的聽，朋友，但那才是我癡心人的結果，你耐心聽著吧！

東方，東方才是我的煩惱！我這回投進了一個更陌生的社會，呼吸更沉悶的空氣；他們自己中間也許有他們溫軟的人情，但輪著我的卻一樣還只是猜忌與譏刻，更不容情的刺襲我的孤獨的性靈。果然他的家庭不容我進門，把我看作一個「巴黎淌來的可疑的婦人」。我為愛他也不知忍受了多少不可忍的侮辱，吞了多少悲淚，但我自慰的是他對我不變的恩情。因為在初到的一時他還是不時來慰我——我獨自賃屋住著。但慢慢的也不知是人言浸潤還是他原來愛我不深，他竟然表示割絕我的意思。

朋友，試想我這孤身女子犧牲了一切為的還不是他的愛，如今連他都離了我，那我更有什麼生機？我怎的始終不曾自毀，我至今還不信，因為我那時真的是沒路走了。我又沒有錢，他狠心丟了我，我如何能再去纏他，這也許是我們白種人的倔強，我不久便揩乾了眼淚，出門去自尋活路。我在一個菲美合種人的家裏尋得了一個保姆的職務；天幸我生性是耐煩領小孩的——我在倫敦的日子沒孩子管，我就養貓弄狗——救活我的是那三五個活靈的孩子，黑頭髮短手指的乖乖。在那炎熱的島上我是過了兩年沒顏色的生活，得了一次凶險的熱病，從此我面上再不存青年期的光彩。我的心境正稍稍回復平衡的時候兩件不幸的事情又臨著了我：一件是我那他與另一女子的結婚，這消息使我昏絕了過去，一件是被我棄絕的慈父也不知怎的問得了我的蹤跡，來電說他老病快死要我回去。啊，天罰我！等我趕回巴黎的時候正好趕著與老人訣別，懺悔我先前的造孽！

從此我在人間還有什麼意趣？我只是個實體的鬼影，活動的屍體；我的心也早就死了，再也不起波瀾；在初次失望的時候我想像中還有個遼遠的東方，但如今東方只在我的心上留下一個鮮明的新傷，我更有什麼希冀，更有什麼心情？但我每晚還是不自主的到這飯店裏來小坐，正如死去的鬼魂忘不了他的老家！我這一生的經驗本不想再向人前吐露的，誰知又碰著了你，苦苦的追著我，逼我再一度撩撥死盡的火灰，這來你夠明白了，爲什麼我老是這落漠的神情，我猜你也是過路的客人，我深深自幸又接近一次人情的溫慰，但我不敢希望什麼，我的心是死定了的，時候也不早了，你看方才舞影凌亂的地板上現在只剩一片冷淡的燈光，侍役們已經收拾乾淨，我們也該走了，再會吧，多情的朋友！

二、「先生，你見過豔麗的肉沒有？」

我在巴黎時常去看一個朋友，他是一個畫家，住在一條老聞著魚腥的小街底頭一所老屋子的頂上一個A字式的尖閣裏，光線暗慘得怕人，白天就靠兩塊日光胰子大小的玻璃窗給裝裝幌，反正住的人不嫌就得，他是照例不過正午不起身，不近天亮不上床的一位先生，下午他也不居家，起碼總得上燈的時候他才脫下了他的開褂露出兩條破爛的臂膀埋身在他那豔麗的垃圾窩裏開始他的工作。

豔麗的垃圾窩——它本身就是一幅妙畫！我說給你聽聽。貼牆有精窄的一條上面蓋著黑毛氈的算是他的床，在這上面就准你規規矩矩的躺著，不說起坐一定扎腦袋，就連翻身也不兔冒犯斜著下

來永遠不退讓的屋頂先生的身分！承著頂尖全屋子頂寬舒的部分放著他的書桌——我捏著一把汗叫它書桌，其實還用提嗎，上邊什麼法寶都有，畫冊子、稿本、黑炭、顏色盤子、爛襪子、領結、軟領子、熱水瓶子壓癟了的、燒乾了的酒精燈、電筒、各色的藥瓶、彩油瓶、髒手絹、斷頭的筆桿、沒有蓋的墨水瓶子。一柄手槍，那是瞞不過我花七法郎在密歇耳大街路旁舊貨攤上換來的。照相鏡子、小手鏡、斷齒的梳子、蜜膏、晚上喝不完的咖啡杯、詳夢的小書，還有——還有可疑的小紙盒兒，凡士林一類的油膏，……一隻破木板箱一頭漆著名字上面蒙著一塊灰色布的是他的梳粧檯兼書架，一個洋磁面盆半盆的胰子水似乎都叫一部舊版的盧騷集子給饗了去，一頂便帽套在洋瓷長提壺的耳柄上，從袋底裏倒出來的小銅錢錯落的散著像是土耳其人的符咒，幾隻稀小的爛蘋果圍著一條破香蕉，像是一群大學教授們圍著一個教育次長索薪……

壁上看得更斑斕了：這是我頂得意的一張龐那的底稿當廢紙買來的，這是我臨蒙內的裸體，不十分行，我來撩起燈罩你可以看清楚一點，草色太濃了，那膝部畫壞了，這一小幅更名貴，你認是誰，羅丹的！那是我前年最大的運氣，也算是借來的，老巴黎就是這點子便宜，挨了半年八個月的餓不要緊，只要有機會撈著真東西，這還不值得！那邊一張擠在兩幅油畫縫裏的，你見了沒有，也是有來歷的，那是我前年趁馬克倒楣路過佛蘭克福德②時夾手搶來的，是真的孟察爾都難說，就差糊了一點，現在你給三千法郎我都不賣，加倍再加倍都值，你信不信？再看那一長條……在他那手指東點西的賣弄他的家珍的時候，你竟會忘了你站著的地方是不夠六尺闊的一間閣樓，倒像跨在你頭頂那兩爿斜著下來的屋頂也順著他那藝術談法術似的隱了去，露出一個爽愷的高天，壁上的疙瘩，壁蟢窠，黴塊，釘疤，全化成了哥羅畫幀中「飄飆欲化煙」的最美麗林樹與輕快的流澗；桌上的破領帶及手絹爛香蕉臭襪子等等也全變形成戴大闊邊稻草帽的牧童們，偎著樹打盹的，牽著牛在澗裏喝水的，手反襯著腦袋放平在青草地上瞪眼看天的，斜眼溜著那邊走進來的娘們手按著音腔吹橫笛的——可不是那邊來了一群娘們，全是年歲青青的，露著胸膛，散著頭髮，還有光著白腿的在青草地上跳著來了？……唵！小心扎腦袋，這屋子真彆扭，你出什麼神來了？想著你的Bel Ami③對不對？你到巴黎快半個月，該早有落兒了，這年頭收成真容易——嘸，太容易了！誰說巴黎不是理想的地獄？你吸煙斗嗎？這兒有自來火。對不起，屋子裏除了床，就是那張彈簧早經追悼過了的沙發，你坐坐吧，給你一個墊子，這是全屋子頂溫柔的一樣東西。

不錯，那沙發，這閣樓上要沒有那張沙發，主人的風格就落了一個極重要的原素。說它肚子裏的彈簧完全沒了勁，在主人說是太謙，在我說是簡直污蔑了它。因爲分明有一部分內簧是不曾死透的，那在正中間，看來倒像是一座分水嶺，左右都是往下傾的，我初坐下時不提防它還有彈力，倒叫我駭了一下；靠手的套布可真是全黴了，露著黑黑黃黃不知是什麼貨色，活像主人襯衫的袖子。我正落了坐，他咬了咬嘴唇翻一翻眼珠微微的笑了。笑什麼了你？我笑——你坐上沙發那樣兒叫我想起愛菱。愛菱是誰？她呀——她是我第一個模特兒。模特兒？你的？你的破房子還有模特兒，你這窮鬼花得起……別急，究竟是中國初來的，聽了模特兒就這樣的起勁，看你那脖子都上了紅印了！本來

不算事，當然，可是我說像你這樣的破雞棚……破雞棚便怎麼樣，耶穌生在馬號裏的，安琪兒們都在馬矢裏跪著禮拜哪！別忙，好朋友，我講你聽。如其巴黎人有一個好處，他就是不勢利！中國人頂糟了，這一點；窮人有窮人的勢利，闊人有闊人的勢利，半不闌珊的有半不闌珊的勢利——那才是半開化，才是野蠻！你看像我這樣子，頭髮像刺蝟，八九天不刮的破鬍子，半年不收拾的髒衣服，鞋帶扣不上的皮鞋——要在中國，誰不叫我外國叫化子，哪配進北京飯店一類的勢利場；可是在巴黎，我就這樣兒隨便問那一個衣服頂漂亮脖子搽得頂香的娘們跳舞，十回就有九回成，你信不信？至於模特兒，那更不成話，哪有在巴黎學美術的，不論多窮，一年裏不換十來個眼珠亮亮的來坐樣兒？屋子破更算什麼？波希民④的生活就是這樣，按你說模特兒就不該坐壞沙發，你得準備杏黃貢緞繡丹鳳朝陽做墊的太師椅請她坐你才安心對不對？再說……

別再說了！算我少見世面，算我是鄉下老戇，得了；可是說起模特兒，我倒有點好奇，你何妨講些經驗給我長長見識？有真好的沒有？我們在美術院裏見著的什麼維納絲得米羅，維納絲梅第妻，還有鐵青⑤的，魯班師⑥的，鮑第千里⑦的，丁稻來篤⑧的，箕奧其安內⑨的裸體實在是太美，太理想，太不可能，太不可思議；反面說，新派的比如雪尼約克的，瑪提斯的，塞尙的，高耿的，弗朗刺馬克的，又是太醜，太損，太不像人，一樣的太不可能，太不可思議。人體美，究竟怎麼一回事？我們不幸生長在中國女人衣服一直穿到下巴底下腰身與後部看不出多大分別的世界裏，實在是太蒙昧無知，太不開眼。可是再說呢，東方人也許根本就不該叫人開眼的，你看過約翰巴里士那本《沙揚娜拉》沒有，他那一段形容一個日本裸體舞女——就是一張臉子粉搽得像棺材裏爬起來的顏色，此外耳朵以後下巴以下就比如一節蒸不透的珍珠米！——看了真叫人噁心。你們學美術的才有第一手的經驗，我倒是……

你倒是真有點羨慕，對不對？不怪你，人總是人。不瞞你說，我學畫畫原來的動機也就是這點子對人體秘密的好奇。你說我窮相，不錯，我真是窮，飯都吃不出，衣都穿不全，可是模特兒——我怎麼也省不了。這對人體美的欣賞在我已經成了一種生理的要求，必要的奢侈，不可擺脫的嗜好；我寧可少吃儉穿，省下幾個法郎來多雇幾個模特兒。你簡直可以說我是著了迷，成了病，發了瘋，愛說什麼就什麼，我都承認——我就不能一天沒有一個精光的女人耽在我的面前供養，安慰，餵飽我的「眼淫」。當初羅丹我猜也一定與我一樣的狼狽，據說他那房子裏老是有剝光了的女人，也不為坐樣兒，單看她們日常生活「實際的」多變化的姿態——他是一個牧羊人，成天看著一群剝了毛皮的馴羊！魯班師那位窮兇極惡的大手筆，說是常難為他太太做模特兒，結果因為他成天不斷的畫他太太竟許連穿褲子的空兒都難得有！但如果這話是真的魯班師還是太傻，難怪他那畫裏的女人都是這剝白豬似的單調，少變化；美的分配在人體上是極神秘的一個現象，我不信有理想的全材，不論男女我想幾乎是不可能的；上帝拿著一把顏色望地面上撒，玫瑰、羅蘭、石榴、玉簪、剪秋羅，各樣都沾到了一種或幾種的彩澤，但決沒有一種花包涵所有可能的色調的，那如其有，按理論講，豈不是又得回復了沒顏色的本相？人體美也是這樣的，有的美在胸部，有的腰部，有的下部，有的頭

髮，有的手，有的腳踝，那不可理解的骨骼，筋肉，肌理的會合，形成各各不同的線條，色調的變化，皮面的漲度，毛管的分配，天然的姿態，不可制止的表情——也得你不怕麻煩細心體會發現去，上帝沒有這樣便宜你的事情，他決不給你一個具體的絕對美，如果有我們所有藝術的努力就沒了意義；巧妙就在你明知這山裏有金子，可是在哪一點你得自己下工夫去找。

啊！說起這藝術家審美的本能，我真要閉著眼感謝上帝——要不是它，豈不是所有人體的美，說窄一點，都變了古長安道上歷代帝王的墓窟，全叫一層或幾層薄薄的衣服給埋沒了！回頭我給你看我那張破床底下有一本寶貝，我這十年血汗辛苦的成績——千把張的人體臨摹，而且十分之九是在這間破雞棚裏勾下的，別看低我這張彈簧早經追悼了的沙發，這上面落坐過至少一二百個當得起美字的女人！別提專門做模特兒的，巴黎哪一個不知道俺家黃臉什麼，那不算希奇，我自負的是我獨到的發現：一半因爲看多了緣故，女人肉的引誘在我差不多完全消滅在美的欣賞裏面，結果在我這雙「淫眼」看來，一絲不掛的女人就同紫霞宮裏翻出來的屍首穿得重重密密的搖不動我的性欲，反面說當真穿著得極整齊的女人，不論她在人堆裏站著，在路上走著，只要我的眼到，她的衣服的障礙就無形的消滅，正如老練的礦師一瞥就認出礦苗，我這美術本能也是一瞥就認出「美苗」，一百次裏錯不了一次；每回發現了可能的時候，我就非想法找到她剝光了她叫我看個滿意不成，上帝保佑這文明的巴黎，我失望的時候真難得有！我記得有一次在戲院子看著了一個貴婦人，實在沒法想（我當然試來）我那難受就不用提了，比發瘧疾還難受——她那特長分明是在小腹與……

夠了夠了！我倒叫你說得心癢癢的。人體美！這門學問，這門福氣，我們不幸生長在東方誰有機會研究享受過來？可是我既然到了巴黎，又幸氣碰著你，我倒真想叨你的光開開我的眼，你得替我想法，要找在你這宏富的經驗中比較最貼近理想的一個看看……

你又錯了！什麼，你意思花就許巴黎的花香，人體就許巴黎的美嗎？太滅自己的威風了！別信那巴理士什麼《沙揚娜拉》的胡說；聽我說，正如東方的玫瑰不比西方的玫瑰差什麼香味，東方的人體在得到相當的栽培以後，也同樣不能比西方的人體差什麼美——除了天然的限度，比如骨骼的大小，皮膚的色彩。同時頂要緊的當然要你自己性靈裏有審美的活動，你得有眼睛，要不然這宇宙不論它本身多美多神奇在你還是白來的。我在巴黎苦過這十年，就為前途有一個宏願：我要張大了我這經過訓練的「淫眼」到東方去發現人體美——誰說我沒有大文章做出來？至於你要借我的光開開眼，那是最容易不過的事情，可是我想想——可惜了！有個馬達姆⑩朗灑，原先在巴黎大學當物理講師的，你看了準忘不了，現在可不在了，到倫敦去了；還有一個馬達姆薛托漾，她是遠在南邊鄉下開麵包鋪子的，她就夠打倒你所有的丁稻來篤，所有的鐵青，所有的箕奧其安內——尤其是給你這未入流看，長得太美了，她通體就看不出一根骨頭的影子，全叫勻勻的肉給隱住的，圓的，潤的，有一致節奏的，那妙是一百個哥蒂藹也形容不全的，尤其是她那腰以下的結構，真是奇蹟！你從義大利來該見過西龍尼維納絲的殘像，就那也只能彷彿，你不知道那活的氣息的神奇，什麼大藝術天才都沒法移植到畫布上或是石塑上去的（因此我常常自己心裏辯論究竟是藝術高出自然還是自然高出

藝術，我怕上帝僭先的機會畢竟比凡人多些）；不提別的單就她站在那裏你看，從小腹接樫上股那兩條交薈的弧線起直往下貫到腳著地處止，那肉的浪紋就比是——實在是無可比——你夢裏聽著的音樂：不可信的輕柔，不可信的勻淨，不可信的韻味——說粗一點，那兩股相並處的一條線直貫到底，不漏一屑的破綻，你想通過一根髮絲或是吹度一絲風息都是絕對不可能的——但同時又決不是肥肉的黏著，那就呆了。真是夢！唉，就可惜多美一個天才偏叫一個身高六尺三寸長紅鬍子的麵包師給糟蹋了；真的這世上的因緣說來真怪，我很少看見美婦人不嫁給猴子類牛類水馬類的醜男人！但這是支話。眼前我招得到的，夠資格的也就不少——有了，方才你坐上這沙發的時候叫我想起了愛菱，也許你與她有緣分，我就爲你招她去吧，我想應該可以容易招到的。可是上哪兒呢？這屋子終究不是欣賞美婦人的理想背景，第一不夠開展，第二光線不夠——至少爲外行人像你一類著想……我有了一個頂好的主意，你遠來客我也該獨出心裁招待你一次，好在愛菱與我特別的熟，我要她怎麼她就怎麼；暫且約定後天吧，你上午十二點到我這裏來，我們一同到芳丹薄羅的大森林裏去，那是我常遊的地方，尤其是阿房奇石相近一帶，那邊有的是天然的地毯，這時是自然最妖豔的日子，草青得滴得出翠來，樹綠得漲得出油來，松鼠滿地滿樹都是，也不很怕人，頂好玩的，我們決計到那一帶去秘密野餐吧——至於「開眼」的話，我包你一個百二十分的滿足，將來一定是你從歐洲帶回家最不易磨滅的一個印象！一切有我佈置去，你要是願意貢獻的話，也不用別的，就要你多買大楊梅，再帶一瓶橘子酒，一瓶綠酒，我們享半天閒福去。

現在我講得也累了，我得躺一會兒，我拿我床底下那本秘本給你先揣摩揣摩……

隔一天我們從芳丹薄羅林子裏回巴黎的時候，我彷佛剛做了一個最荒唐，最豔麗，最秘密的夢。

注釋

①即菲律賓。

②通譯法蘭克福，德國城市。這句話提到的「馬克倒楣」，是指當時德國貨幣馬克的貶值。

③這個法語片語應為Bon Ami（好朋友），或Belle Amie（漂亮的女朋友），從文中意思看似指後者。

④即波希米亞人。

⑤通譯提香（1490-1576），義大利文藝復興盛期威尼斯派畫家。

⑥通譯魯本斯（1577-1640），佛蘭德斯畫家。

⑦通譯波提切利（1445-1510），義大利文藝復興盛期畫家。

⑧通譯丁托列托（1518-1594），義大利文藝復興後期威尼斯派畫家。

⑨通譯喬爾喬尼（1477-1510），義大利文藝復興時期威尼斯派畫家。

⑩法語Madam的音譯，即「太太」、「女士」。

契訶夫的墓園

詩人們在這喧嘩的市街上不能不感到寂寞；因此「傷時」是他們怨愫的發洩，「弔古」是他們柔情的寄託。但「傷時」是感情直接的反動：子規的清啼容易轉成夜鴞的急調，弔古卻是情緒自然的流露，想像已往的韶光，慰藉心靈的幽獨。在墓墟間，在晚風中，在山一邊，在水一角，慕古人情，懷舊光華；像是朵朵出岫的白雲，輕沾斜陽的彩色，冉冉的捲，款款的舒，風動時動，風止時止。

弔古便不得不憬悟光陰的實在；隨你想像它是洶湧的洪潮，想像它是緩漸的流水，想像它是倒懸的急湍，想像它是足跡的尾閭，只要你見到它那水花裏隱現著的骸骨，你就認識它那無顧戀的冷酷，它那無限量的破壞的饞欲：桑田變滄海，紅粉變骷髏，青梗變枯柴，帝國變迷夢。夢變煙，火變灰，石變砂，玫瑰變泥，一切的紛爭消納在無聲的墓窟裏……那時間人的來蹤與去跡，它那色調與波紋，便如夕照晚霞中的山嶺融成了青紫一片，是丘是壑，是林是谷，不再分明。但它那大體的輪廓卻亭亭的刻畫在天邊，給你一個清切的辨認。這一辨認就相聯的喚起了疑問：人生究竟是什麼？你得加下你的按語，你得表示你的「觀」。陶淵明說大家在這一條水裏浮沉，總有一天浸沒在裏面，讓我今天趁南山風色好，多種一棵菊花，多喝一杯甜酒；李太白、蘇東坡、陸放翁都回響說不錯，我們的「觀」就在這酒杯裏。古詩十九首說這一生一掠即過，不過也得過，想長生的是傻子，抓住這現在的現在盡量的享福尋快樂是真的——「不如飲美酒，被服紈與素」，曹子建望著火燒了的洛陽，免不得動感情，他對著渺渺的人生也是絕望——「轉蓬離本根，飄飄隨長風，何意回飆舉，吹我入雲中，高高上無極，天路安可窮」。光陰「悠悠」的神秘警覺了陳元龍：人們在世上都是無儔伴的獨客，各個，在他覺悟時都是寂寞的靈魂。莊子也沒奈何這悠悠的光陰，他借重一個調侃的骷髏，設想另一個宇宙，那邊生的進行不再受時間的限制。

所以弔古——尤其是上墳——是中國文人的一個癖好。這癖好想是遺傳的；因為就我自己說，不僅每到一處地方愛去郊外冷落處尋墓園消遣，那墳墓的意象竟彷彿在我每一個思想的後背遮攔著——單這饅形的一塊黃土在我就有無窮的意趣——更無須蔓草、涼風、白楊、青鱗等等的附帶。墳的意象與死的概念當然不能差離多遠，但在我墳與死的關係卻並不密切：死彷彿有附著或有實質的一個現象，墳墓只是一個美麗的虛無，在這靜定的意境裏，光陰彷彿止息了波動，你自己的思感收斂了震悸，那時你的性靈便可感到最純淨的安慰，你再不要什麼。有一個原因為什麼我不愛想死，是為死的對象就是最惱人不過的生，死只是中止生，不是解決生，更不是消滅生，只是增劇生的複雜，並不清理它的糾紛。墳的意象卻不暗示你什麼對舉或比稱的實體，它沒有遠親，也沒有近鄰，它只是它，包涵一切，覆蓋一切，調融一切的一個美的虛無。

我這次到歐洲來倒像是專做清明來的；我不僅上知名的或與我有關係的墳（在莫斯科上契訶夫、克魯泡德金的墳，在柏林上我自己兒子的墳，在楓丹薄羅上曼殊斐爾的墳，在巴黎上茶花女、

哈哀內的墳；上菩特萊「惡之花」的墳；上凡爾泰、盧騷、嚣俄的墳；在羅馬上雪萊、濟慈的墳；在翡冷翠上勃朗寧太太的墳，上密佗朗其羅，梅迪啟家的墳；日內到Ravenna去還得上丹德的墳，到Assisi上法蘭西士的墳，到Mautua上浮吉爾（Virgil）的墳），我每過不知名的墓園也往往進去留連，那時情緒不定是傷悲，不定是感觸，有風聽風，在塊塊的墓碑間且自徘徊，待斜陽淡了再計較回家。

你們下回到莫斯科去，不要貪看列寧，那無非是一個像活的死人放著做廣告的（口孽罪過！）反而忘卻一個真值得去的好所在——是在雀山山腳下的一座有名的墓園，原先是貴族埋葬的地方，但契訶夫的三代與克魯泡德金也在裏面，我在莫斯科三天，過得異常的煩悶，但那一個向晚，在那噤寂的寺園裏，不見了莫斯科的紅塵，脫離了猶太人的怖夢，從容的懷古，默默的尋思，在他人許有更大的幸福，在我已經知足。那庵名像是Monestiere Vinozositoh（可譯作聖貞庵），但不敢說是對的，好在容易問得。

我最不能忘情的墳山是日中神戶山上專葬僧尼那地方，一因它是依山築道，林蔭花草是天然的，二因兩側引泉，有不絕的水聲，三因地位高亢，望見海灣與對岸山島，我最不喜歡的巴黎Montmartre的那個墓園，雖則有茶花女的芳鄰我還是不願意，因爲它四周是市街，駕空又是一架走電車的大橋，什麼清寧的意致都叫那些機輪軋成了斷片，我是立定主意不去的；羅馬雪萊、濟慈的墳場算是不錯，但這留著以後再講；莫斯科的聖貞庵，是應得讚美的，但到那邊去的機會似乎不多！

那聖貞庵本身是白色的，葫蘆頂是金的，旁邊有一個極美的鐘塔，紅色的，方的，異常的鮮艷，遠望這三色——白、金、紅——的配置，極有風趣；墓碑與墳亭密密的在這塔影下散布著，我去的那天正當傍晚，地下的雪一半化了水，不穿膠皮套鞋是不能走的；電車直到庵前，後背望去森森的林山便是拿破崙退兵時曾經回望的雀山，庵門內的空氣先就不同，常青的樹蔭間，雪鋪的地裏，悄悄的屏息著各式的墓碑：青石的平臺，鏤像的長碣，嵌金的塔，中空的亭亭，有高踞的，有低伏的，有雕飾繁複的，有平易的；但他們表示的意思卻只是極簡單的一個，古詩說的「下有陳死人，杳杳即長暮，潛寐黃泉下，千載永不寤。」

我們向前走不久便發現了一個頗堪涼心的事實：有不少極莊嚴的碑碣倒在地上的，有好幾處堅致的石欄與鐵欄打毀了的；你們記得在這裏埋著的貴族居多，近幾年來風水轉了，貴族最吃苦，幸而不毀，也不免亡命，階級的怨毒在這墓園裏都留下了痕跡——楚平王死得快還是逃不了屍體受刑——雖則有標記與無標記，有祭掃與無祭掃，究竟關不關這底下陳死人的痛癢，還是不可知的一件事。但對於虛榮心重的活人，這類示威的手段卻是一個警告。

我們摸索了半天，不曾尋著契訶夫；我的朋友上那邊問去了，我在一個轉角站等著，那時候忽的眼前一亮（那天本是陰沉），夕陽也不知從哪邊過來，正照著金頂與紅塔，打成一片不可信的輝煌；你們沒見過大金頂的不易想像它回光的力量，平常玻璃窗上的反光已夠你耀眼的，何況偌大一個純金的圓穹，我不由得不感謝那建築家的高見，我看了西遊記、封神榜渴慕的金光神霞，到這裏

見著了！更有那秀挺的緋紅的高塔也在這俄頃間變成了燦花搖曳的長虹，彷彿脫離了地面，將次凌空飛去。

契訶夫的墓上（他父親與他並肩）只是一塊瓷青色的石碑，刻著他的名字與生死的年分，有鐵欄圍著，欄內半化的雪裏有幾瓣小青葉，旁邊樹上掉下去的，在那裏微微的轉動。

我獨自倚著鐵欄，沉思契訶夫今天要是在他不知怎樣；他是最愛「幽默」自己也是最有諧趣的一位先生。他的太太告訴我們他臨死的時候還要她講笑話給他聽，有幽默的人是不易做感情的奴隸的。但今天俄國的情形，今天世界的情形，他要是看了還能笑否，還能拿著他的靈活的筆繼續寫他靈活的小說否？……我正想著，一陣異樣的聲浪從園的那一角傳過來打斷了我的盤算，那聲音在中國是聽慣了的，但到歐洲是不提防的；我轉過去看時有一位黑衣的太太站在一個墳前，她旁邊一個服裝古怪的牧師（像我們的遊方和尚）高聲唸著經咒，在晚色團聚時，在森森的墓門間，聽著那異樣的音調（語尾漫長向上曳作頓），你知道那怪調是念給墓中人聽的，這一想毛髮間就起了作用，彷彿底下的一大群全爬了上來在你的周圍站著傾聽似的，同時鐘聲響動。那邊庵門開了，門前亮著一星的油燈，裏面出來成行列的尼僧，向另一屋子走去，一體的黑衣黑兜，悄悄的在雪地裏走去……

克魯泡德金的墳在後園，只一塊扁平的白石，指示這偉大靈魂遺蛻的歇處，看著頗覺淒惘。關門鈴已搖過，我們又得回紅塵去了。

吸煙與文化

一

牛津是世界上名聲壓得倒人的一個學府。牛津的秘密是它的導師制。導師的秘密，按利卡克教授說，是「對準了他的徒弟們抽煙」。真的，在牛津或康橋①地方要找一個不吸煙的學生是很費事的——先生更不用提。學會抽煙，學會沙發上古怪的坐法，學會半吞半吐的談話——大學教育就夠格兒了。「牛津人」、「康橋人」：還不彀中嗎？我如其有錢辦學堂的話，利卡克說，第一件事情我要做的是造一間吸煙室，其次造宿舍，再次造圖書室；真要到了有錢沒地方花的時候再來造課堂。

二

怪不得有人就會說，原來英國學生就會吃煙，就會懶惰。臭紳士的架子！臭架子的紳士！難怪我們這年頭背心上刺刺的老不舒服，原來我們中間也來了幾個叫土巴菰②煙臭熏出來的破紳士！

這年頭說話得謹慎些。提起英國就犯嫌疑。貴族主義！帝國主義！走狗！挖個坑埋了他！

實際上事情可不這麼簡單。侵略、壓迫，該咒是一件事，別的事情可不跟著走。至少我們得承認英國，就它本身說，是一個站得住的國家，英國人是有出息的民族。它的是有組織的生活，它的是有活氣的文化。我們也得承認牛津或是康橋至少是一個十分可羨慕的學府，它們是英國文化生活的娘胎。多少偉大的政治家、學者、詩人、藝術家、科學家，是這兩個學府的產兒——煙味兒給熏出來的。

三

利卡克的話不完全是俏皮話。「抽煙主義」是值得研究的。但吸煙室究竟是怎麼一回事？煙斗裏如何抽得出文化真髓來？對準了學生抽煙怎樣是英國教育的秘密？利卡克先生沒有描寫牛津、康橋生活的真相；他只這麼說，他不曾說出一個所以然來。許有人願意聽聽的，我想。我也叫名在英國念過兩年書，大部分的時間在康橋。但嚴格的說，我還是不夠資格的。我當初並不是像我的朋友溫源寧先生似的出了大金鎊正式去請教熏煙的：我只是個，比方說，烤小半熟的白薯，離著焦味兒透香還正遠哪。但我在康橋的日子可真是享福，深怕這輩子再也得不到那樣蜜甜的機會了。

我不敢說康橋給了我多少學問或是教會了我什麼。我不敢說受了康橋的洗禮，一個人就會變氣息，脫凡胎。我敢說的只是——就我個人說，我的眼是康橋教我睜的，我的求知欲是康橋給我撥動的，我的自我的意識是康橋給我胚胎的。我在美國有整兩年，在英國也算是整兩年。在美國我忙的是上課，聽講，寫考卷，齦橡皮糖，看電影，賭咒，在康橋我忙的是散步，划船，騎自轉車，抽煙，閒談，吃五點鐘茶，牛油烤餅，看閒書。如其我到美國的時候是一個不含糊的草包，我離開自由神的時候也還是那原封沒有動；但如其我在美國時候不曾通竅，我在康橋的日子至少自己明白了

原先只是一肚子顢頇。這分別不能算小。

我早想談談康橋，對它我有的是無限的柔情。但我又怕褻瀆了它似的始終不曾出口。這年頭！只要「貴族教育」一個無意識的口號就可以把牛頓、達爾文、米爾頓、拜倫、華茨華斯、阿諾爾德，紐門、羅剎蒂、格蘭士頓等等所從來的母校一下抹煞。再說年來交通便利了，各式各種日新月異的教育原理教育新制翩翩的從各方向的外洋飛到中華，哪還容得廚房老過四百年牆壁上爬滿騷髯一類藤蘿的老書院一起來上講壇？

四

但另換一個方向看去，我們也見到少數有見地的人再也看不過國內高等教育的混沌現象，想跳開了蹂爛的道兒，回頭另尋新路走去。向外望去，現成有牛津、康橋青藤繚繞的學院招著你微笑；回頭望去，五老峰下飛泉聲中白鹿洞一類的書院瞅著你惆悵。這浪漫的思鄉病跟著現代教育醜化的程度在少數人的心中一天深似一天。這機械性、買賣性的教育夠膩煩了，我們說。我們也要幾間滿沿著爬山虎的高雪克屋子③來安息我們的靈性，我們說。我們也要一個絕對閒暇的環境好容我們的心智自由的發展去，我們說。

林玉堂④先生在《現代評論》登過一篇文章談他的教育的理想。新近任叔永先生與他的夫人陳衡哲女士也發表了他們的教育的理想。林先生的意思約莫記得是想仿效牛津一類學府；陳、任兩位是要恢復書院制的精神。這兩篇文章我認爲是很重要的，尤其是陳、任兩位的具體提議，但因爲開倒車走回頭路分明是不合時宜，他們幾位的意思並不曾得到期望的回響。想來現在的學者們太忙了，尋飯吃的、做官的，當革命領袖的，誰都不得閒，誰都不願閒，結果當然沒有人來關心什麼純粹教育（不含任何動機的學問）或是人格教育。這是個可憾的現象。

我自己也是深感這浪漫的思鄉病的一個；我只要——

「草青人遠，

一流冷澗……」

但我們這想望的境界有容我們達到的一天嗎？

注釋

①康橋，通譯劍橋，在英國東南部，這裏指劍橋大學。

②英文煙草（tobacco）一詞的音譯。

③高雪克屋子，通譯哥德式（gothic）建築。

④即林語堂（1895-1976），作家，早年留學美國和德國，當時在北京大學、北京女子師範大學任教。

落葉

前天你們查先生①來電話要我講演，我說但是我沒有什麼話講，並且我又是最不耐煩講演的。他說：你來吧，隨你講，隨你自由的講，你愛說什麼就說什麼。我們這裏你知道這次開學情形很困難，我們學生的生活很枯燥很悶，我們要你來給我們一點活命的水。這話打動了我。枯燥、悶，這我懂得。雖則我與你們諸君是不相熟的，但這一件事實，你們感覺生活枯悶的事實，卻立即在我與諸君無形的關係間，發生了一種真的深切的同情。我知道煩悶是怎麼樣一個不成形不講情理的怪物，他來的時候，我們的全身彷彿被一個大蜘蛛網蓋住了，好容易掙出了這條手臂，那條又叫黏住了。那是一個可怕的網子。我也認識生活枯燥，他那可厭的面日，我想你們也都很認識他。他是無所不在的，他附在各個人的身上，他現在各個人的臉上。你望望你的朋友去，他們的臉上有他，你自己照鏡子去，你的臉上，我想，也有他，可怕的枯燥，好比是一種毒劑，他一進了我們的血液，我們的性情，我們的皮膚就變了顏色，而且我怕是離著生命遠，離著墳墓近的顏色。

我是一個信仰感情的人，也許我自己天生就是一個感情性的人。比如前幾天西風到了，那天早上我醒的時候是凍著才醒過來的，我看著紙窗上的顏色比往常的淡了，我被窩裏的肢體像是浸在冷水裏似的，我也聽見窗外的風聲，吹著一棵棗樹上的枯葉，一陣一陣的掉下來，在地上捲著，沙沙的發響，有的飛出了外院去，有的留在牆角邊轉著，那聲響真像是歎氣。我因此就想起這西風，冷醒了我的夢，吹散了樹上的葉子，他那成績在一般饑荒貧苦的社會裏一定格外的可慘。那天我出門的時候，果然見街上的情景比往常不同了；窮苦的老頭、小孩全躲在街角上發抖；他們遲早免不了樹上枯葉子的命運。那一天我就覺得特別的悶，差不多發愁了。

因此我聽著查先生說你們生活怎樣的煩悶，怎樣的乾枯，我就很懂得，我就願意來對你們說一番話。我的思想——如其我有思想——永遠不是成系統的。我沒有那樣的天才。我的心靈的活動是衝動性的，簡直可以說痙攣性的。思想不來的時候，我不能要他來，他來的時候，就比如穿上一件濕衣，難受極了，只能想法子把他脫下。我有一個比喻，我方才說起秋風裏的枯葉；我可以把我的思想比作樹上的葉子，時期沒有到，他們是不很會掉下來的；但是到時期了，再要有風的力量，他們就只能一片一片的往下落；大多數也許是已經沒有生命了的，枯了的，焦了的，但其中也許有幾張還留著一點秋天的顏色，比如楓葉就是紅的，海棠葉就是五彩的。這葉子實用是絕對沒有的；但有人，比如我自己，就有愛落葉的癖好。他們初下來時顏色有很鮮豔的，但時候久了，顏色也變，除非你保存得好。所以我的話，那就是我的思想，也是與落葉一樣的無用，至多有時有幾痕生命的顏色就是了。你們不愛的儘可以隨意的踩過，絕對不必理會；但也許有少數人有緣分的，不責備他們的無用，竟許會把他們撿起來揣在懷裏，間在書裏，想延留他們幽淡的顏色。

感情，真的感情，是難得的，是名貴的，是應當共有的；我們不應得拒絕感情，或是壓迫感情，那是犯罪的行爲，與壓住泉眼不讓上沖，或是掐住小孩不讓喘氣一樣的犯罪。人在社會裏本來

是不相連續的個體。感情，先天的與後天的，是一種線索，一種經緯，把原來分散的個體織成有文章的整體。但有時線索也有破爛與渙散的時候，所以一個社會裏必須有新的線索繼續的產出，有破爛的地方去補，有渙散的地方去拉緊，才可以維持這組織大體的勻整，有時生產力特別加增時，我們就有機會或是推廣，或是加添我們現有的面積，或是加密，像網球板穿雙線似的，我們現成的組織，因為我們知道創造的勢力與破壞的勢力，建設與潰敗的勢力，上帝與撒但的勢力，是同時存在的。這兩種勢力是在一架天平上比著；他們很少平衡的時候，不是這頭沉，就是那頭沉，是的，人類的命運是在一架大天平上比著，一個巨大的黑影，那是我們集合的化身，在那裏看著，他的手裏滿拿著分兩的砝碼，一會往這頭送，一會又往那頭送，地球盡轉著，太陽、月亮、星流的照著，我們的運命永遠是在天平上稱著。

我方才說網球拍，不錯，球拍是一個好比喻。你們打球的知道網拍上哪裡幾根線是最吃重最要緊，哪幾根線要是特別有勁的時候，不僅你對敵時拉球、抽球、拍球格外來的有力，出色，並且你的拍子也就格外的經用，少數特強的分子保持了全體的勻整。這一條原則應用到人道上，就是說，假如我們有力量加密，加強我們最普通的同情線，那線如其穿連得到所有跳動的人心時，那時我們的大網子就堅實耐用，天津人說的，就有根。不問天時怎樣的壞，管他雨也罷，雲也罷，霜也罷，風也罷，管他水流怎樣的急，我們假如有這樣一個強有力的大網子，哪怕不能在時間無盡的洪流裏——早晚網起無價的珍品，哪怕不能在我們運命的天平上重重的加下創造的生命的分量？

所以我說真的感情，真的人情，是難能可貴的，那是社會組織的基本成分。初起也許只是一個人心靈裏偶然的震動，但這震動，不論怎樣的微弱，就產生了及遠的波紋；這波紋要是喚得起同情的反應時，原來細的便拼成了粗的，原來弱的便合成了強的，原來脆性的便結成了韌性的，像一縷縷的苧麻打成了粗繩似的；原來只是微波，現在掀成了大浪，原來只是山罅裏的一股細水，現在流成了滾滾的大河，向著無邊的海洋裏流著。比如耶穌在山頭上的訓道（Sermon on the mount）還不是有限的幾句話，但這一篇短短的演說，卻制定了人類想望的止境，建設了絕對的價值的標準，創造了一個純粹的完全的宗教。那是一件大事實，人類歷史上一件最偉大的事實。再比如釋迦牟尼感悟了生老、病死的究竟，發大悲心，發大勇猛心，發大無畏心，拋棄了他人間的地位，富與貴，家庭與妻子，直到深山裏去修道，結果他也替苦悶的人間打開了一條解放的大道，為東方民族的天才下一個最光華的定義。那又是人類歷史上的一件奇蹟。但這樣大事的起源還不止是一個人的心靈裏偶然的震動，可不僅僅是一滴最透明的真摯的感情滴落在黑沉沉的宇宙間？

感情是力量，不是知識。人的心是力量的府庫，不是他的邏輯。有真感情的表現，不論是詩是文是音樂是雕刻或是畫，好比是一塊石子擲在平面的湖心裏，你站著就看得見他引起的變化。沒有生命的理論，不論他論的是什麼理，只是拿石塊扔在沙漠裏，無非在乾枯的地面上添一顆乾枯的分子，也許擲下去時便聽得出一些乾枯的聲響，但此外只是一大片死一般的沉寂了。所以感情才是成江成河的水泉，感情才是織成大網的線索。

但是我們自己的網子又是怎麼樣呢？現在時候到了，我們應當張大了我們的眼睛，認明白我們周圍事實的真相。我們已經含糊了好久，現在再不容含糊的了。讓我們來大聲的宣布我們的網子是壞了的，破了的，爛了的；讓我們痛快的宣告我們民族的破產，道德、政治、社會、宗教、文藝，一切都是破產了的。我們的心窩變成了蠹蟲的家，我們的靈魂裏住著一個可怕的大謊！那天平上沉著的一頭是破壞的重量，不是創造的重量；是潰敗的勢力，不是建設的勢力；是撒但的魔力，不是上帝的神靈。霎時間這邊路上長滿了荊棘，那邊道上湧起了洪水，我們頭頂有駭人的聲音，是雷霆還是炮火呢？我們周圍有一哭聲與笑聲，哭是我們的靈魂受污辱的悲聲，笑是活著的人們瘋魔了的獰笑，那比鬼哭更聽的可怕，更淒慘。我們張開眼來看時，差不多更沒有一塊乾淨的土地，哪一處不是叫鮮血與眼淚沖毀了的；更沒有平安的所在，因爲你即使忘卻了外面的世界，你還是躲不了你自身的煩悶與苦痛。不要以爲這樣混沌的現象是原因於經濟的不平等，或是政治的不安定，或是少數人的放肆的野心。這種種都是空虛的，欺人自欺的理論，說容易，聽著中聽，因爲我們只盼望脫卸我們自身的責任，只要不是我的分，我就有權利罵人。但這是，我著重的說，懦怯的行爲；這正是我說的我們各個人靈魂裏躲著的大謊！你說少數的政客，少數的軍人，或是少數的富翁，是現在變亂的原因嗎？我現在對你說：先生，你錯了，你很大的錯了，你太恭維了那少數人，你太瞧不起你自己。讓我們一致的來承認，在太陽普遍的光亮底下承認，我們各個人的罪惡，各個人的不潔淨，各個人的苟且與懦怯與卑鄙！我們是與最骯髒的一樣的骯髒，與最醜陋的一般的醜陋，我們自身就是我們運命的原因。除非我們能起拔了我們靈魂裏的大謊，我們就沒有救度；我們要把祈禱的火焰把那鬼燒淨了去，我們要把懺悔的眼淚把那鬼沖洗了去，我們要有勇敢來承當罪惡；有了勇敢來承當罪惡，方有膽量來決鬥罪惡。再沒有第二條路走。如其你們可以容恕我的厚顏，我想念我自己近作的一首詩給你們聽，因爲那首詩，正是我今天講的話的更集中的表現：

毒藥

今天不是我歌唱的日子，我口邊涎著獰惡的微笑，不是我說笑的日子。我胸懷間插著發冷光的利刃；

相信我，我的思想是惡毒的因為這世界是惡毒的，我的靈魂是黑暗的因為太陽已經滅絕了光彩，我的聲調是像墳堆裏的夜鴞因為人間已經殺盡了一切的和諧，我的口音像是冤鬼責問他的仇人因為一切的恩已經讓路給一切的怨；

但是相信我，真理是在我的話裏雖則我的話像是毒藥，真理是永遠不含糊的雖則我的話裏彷彿有兩頭蛇的舌，蠍子的尾尖，蜈蚣的觸鬚；只因為我的心裏充滿著比毒藥更強烈，比咒詛更狠毒，比火焰更猖狂，比死更深奧的不忍心與憐憫心與愛心，所以我說的話是毒性的，咒詛的，燎灼的，虛無的；

相信我，我們一切的準繩已經埋沒在珊瑚土打緊的墓宮裏，最勁冽的祭肴的香味也穿

不透這嚴封的地層：一切的準則是死了的；

我們一切的信心像是頂爛在樹枝上的風箏，我們手裏擎著這迸斷了的鷂線；一切的信心是爛了的；

相信我，猜疑的巨大的黑影，像一塊烏雲似的，已經籠蓋著人間一切的關係：人子不再悲哭他新死的親娘，兄弟不再來攜著他姊妹的手，朋友變成了寇仇，看家的狗回頭來咬他主人的腿：是的，猜疑淹沒了一切；在路旁坐著啼哭的，在街心裏站著的，在你窗前探望的，都是被姦污的處女：池潭裏只見些爛破的鮮豔的荷花；

在人道惡濁的澗水裏流著，浮荇似的，五具殘缺的屍體，它們是仁義禮智信，向著時間無盡的海瀾裏流去；

這海是一個不安靜的海，波濤猖獗的翻著，在每個浪頭的小白帽上分明的寫著人欲與獸性；

到處是姦淫的現象：貪心摟抱著正義，猜忌逼迫著同情，懦怯狎褻著勇敢，肉欲侮弄著戀愛，暴力侵凌著人道，黑暗踐踏著光明；

聽呀，這一片淫猥的聲響，聽呀，這一片殘暴的聲響；

虎狼在熱鬧的市街裏，強盜在你們妻子的床上，罪惡在你們深奧的靈魂裏……

白旗

來，跟著我來，拿一面白旗在你們的手裏——不是上面寫著激動怨毒，鼓勵殘殺字樣的白旗，也不是塗著不潔淨血液的標記的白旗，也不是畫著懺悔與咒語的白旗（把懺悔畫在你們的心裏）；

你們捧列著，噤聲的，嚴肅的，像送喪的行列，不容許臉上留存一絲的顏色，一毫的笑容，嚴肅的，噤聲的，像一隊決死的兵士；

現在時辰到了，一齊舉起你們手裏的白旗，像舉起你們的心一樣，仰看著你們頭頂的青天，不轉瞬的，恐惶的，像看著你們自己的靈魂一樣；

現在時辰到了，你們讓你們熬著、壅著，迸裂著，滾沸著的眼淚流，直流，狂流，自由的流，痛快的流，盡性的流，像山水出峽似的流，像暴雨傾盆似的流……

現在時辰到了，你們讓你們咽著，壓迫著，掙扎著，洶湧著的聲音嚎，直嚎，狂嚎，放肆的嚎，兇狠的嚎，像颶風在大海波濤間的嚎，像你們喪失了最親愛的骨肉時的嚎……

現在時辰到了，你們讓你們回復了的天性懺悔，讓眼淚的滾油煎淨了的，讓嚎慟的雷霆震醒了的天性懺悔，默默的懺悔，悠久的懺悔，沉徹的懺悔，像冷峭的星光照落在一個寂寞的山谷裏，像一個黑衣的尼僧匐伏在一座金漆的神龕前；……

在眼淚的沸騰裏，在嚎慟的酣徹裏，在懺悔的沉寂裏，你們望見了上帝永久的威嚴。

嬰兒

我們要盼望一個偉大的事實出現，我們要守候一個馨香的嬰兒出世：——

你看他那母親在她生產的床上受罪！

她那少婦的安詳，柔和，端麗，現在在劇烈的陣痛裏變形成不可信的醜惡：你看她那遍體的筋絡都在她薄嫩的皮膚底裏暴漲著，可怕的青色與紫色，像受驚的水青蛇在田溝裏急泅似的，汗珠站在她的前額上像一顆顆的黃豆，她的四肢與身體猛烈的抽搐著，畸屈著，奮挺著，糾旋著，彷彿她墊著的席子是用針尖編成的，彷彿她的帳圍是用火焰織成的；

一個安詳的，鎮定的，端莊的，美麗的少婦，現在在陣痛的慘酷裏變形成魔鬼似的可怖；她的眼，一時緊緊的闔著，一時巨大的睜著，她那眼，原來像冬夜池潭裏反映著的明星，現在吐露著青黃色的凶焰，眼珠像是燒紅的炭火，映射出她靈魂最後的奮鬥，她的原來朱紅色的口唇，現在像是爐底的冷灰，她的口顫著，撅著，扭著，死神的熱烈的親吻不容許她一息的平安，她的髮是散披著，横在口邊，漫在胸前，像揪亂的麻絲，她的手指間緊抓著幾穗擰下來的亂髮；

這母親在她生產的床上受罪：——

但她還不曾絕望，她的生命掙扎著血與肉與骨與肢體的纖微，在危崖的邊沿上，抵抗著，搏鬥著，死神的逼迫；

她還不曾放手，因為她知道（她的靈魂知道！）這苦痛不是無因的，因為她知道她的胎宮裏孕育著一點比她自己更偉大的生命的種子，包涵著一個比一切更永久的嬰兒；

因為她知道這苦痛是嬰兒要求出世的徵候，是種子在泥土裏爆裂成美麗的生命的消息，是她完成她自己生命的使命的時機；

因為她知道這忍耐是有結果的，在她劇痛的昏瞀中她彷彿聽著上帝准許人間祈禱的聲音，她彷彿聽著天使們讚美未來的光明的聲音；

因此她忍耐著，抵抗著，奮鬥著……她抵拚繃斷她統體的纖微，她要贖出在她那胎宮裏動盪著的生命，在她一個完全，美麗的嬰兒出世的盼望中，最銳利，最沉酣的痛感逼成了最銳利最沉酣的快感……

這也許是無聊的希冀，但是誰不願意活命，就使到了絕望最後的邊沿，我們也還要妄想希望的手臂從黑暗裏伸出來挽著我們。我們不能不想望這苦痛的現在，只是準備著一個更光榮的將來，我們要盼望一個潔白的肥胖的活潑的嬰兒出世！

新近有兩件事實，使我得到很深的感觸。讓我來說給你們聽聽。

前幾時有一天俄國公使館掛旗，我也去看了。加拉罕站在臺上，微微的笑著，他的臉上發出一種嚴肅的青光，他側仰著他的頭看旗上升時，我覺著了他的人格的尊嚴，他至少是一個有膽有略的男子，他有爲主義犧牲的決心，他的臉上至少沒有苟且的痕跡，同時屋頂那根旗杆上，冉冉的升上了一片的紅光，背著窈遠沒有一斑雲彩的青天。那面簇新的紅旗在風前料峭的婀蕩個不定。這異樣的彩色與聲響引起了我異樣的感想。是靦腆，是驕傲，還是鄙夷，如今這紅旗初次面對著我們偌大的民族？在場人也有拍掌的，但只是斷續的拍掌，這就算是我想我們初次見紅旗的敬意；但這又是鄙夷，驕傲，還是慚愧呢？那紅色是一個偉大的象徵，代表人類史裏最偉大的一個時期；不僅標示俄國民族流血的成績，卻也爲人類立下了一個勇敢嘗試的榜樣。在那旗子抖動的聲響裏，我不僅彷彿聽出了這近十年來那斯拉夫民族失敗與勝利的呼聲，我也想像到百數十年前法國革命時的狂熱，一七八九年七月四日那天巴黎市民攻破巴士梯亞牢獄時的瘋癲。自由，平等，友愛！友愛，平等，自由！你們聽呀，在這呼聲裏，人類理想的火焰一直從地面上直衝破天頂，歷史上再沒有更重要更強烈的轉變的時期。卡萊爾（Carlyle）在他的法國革史裏形容這件大事有三句名句，他說，「To describe this scene trtanscends the talent of mortals, After four hours of worldbedlam it surrenders. The Bastille is down!」他說：「要形容這一景超過了凡人的力量。過了四小時的瘋狂他（那大牢）投降了。巴士梯亞是下了！」打破一個政治犯的牢獄不算是了不得的大事，但這事實裏有一個象徵。巴士梯亞是代表阻礙自由的勢力，巴黎士民的攻擊是代表全人類爭自由的勢力，巴士梯亞的「下」是人類理想勝利的憑證。自由，平等，友愛！友愛，平等，自由！法國人在百幾十年前猖狂的叫著。這叫聲還在人類的性靈裏蕩著。我們不好像聽見嗎，雖則隔著百幾十年光陰的曠野。如今凶惡的巴士梯亞又在我們的面前堵著；我們如其再不發瘋，他那牢門上的鐵釘，一個個都快刺透我們的心胸了！

這是一件事。還有一件是我六月間伴著泰戈爾到日本時的感想。早七年我過太平洋時曾經到東京去玩過幾個鐘頭，我記得到上野公園去，上一座小山去下望東京的市場，只見連綿的高樓大廈，一派富盛繁華的景象。這回我又到上野去了，我又登山去望東京城了，那分別可太大了！房子，不錯，原是有的；但從前幾層樓的高房，還有不少有名的建築，比如帝國劇場、帝國大學等等，這次看見的，說也可憐，只是薄皮松板暫時支著應用的魚鱗似的屋子，白鬆鬆的像一個爛發的花頭，再沒有從前那樣富盛與繁華的氣象。十九的城子都是叫那大地震吞了去燒了去的。我們站著的地面平常看是再堅實不過的，但是等到他起興時小小的翻一個身，或是微微的張一張口，我們脆弱的文明與脆弱的生命就夠受。我們在中國的差不多是不能想著世界上，在醒著的不是夢裏的世界上，竟可以有那樣的大災難。我們中國人是在災難裏討生活的，水、旱、刀兵、盜劫，哪一樣沒有，但是我敢說我們所有的災難合起來，也抵不上我們鄰居一年前遭受的大難。那事情的可怕，我敢說是超過了人類忍受力的止境。我們國內居然有人以日本人這次大災為可喜的，說他們活該，我真要請協和醫院大夫用X光檢查一下他們那幾位，究竟他們是有沒有心肝的。因為在可怕的運命的面前，我們人類的全體只是一群在山裏逢著雷霆風雨時的綿羊，哪裡還能容什麼種族、政治等等的偏見與意

氣？

我來說一點情形給你們聽聽，因爲雖則你們在報上看過極詳細的記載，不曾親自察看過的總不免有多少距離的隔膜。我自己未到日本前與看過日本後，見解就完全的不同。你們試想假定我們今天在這裏集會，我講的，你們聽的，假如日本那把戲輪著我們頭上來時，要不了的搭的搭的搭的三秒鐘我與你們與講臺與屋子就永遠訣別了地面，像變戲法似的，影蹤都沒了。那是事實，橫濱有好幾所五六層高的大樓，全是在三四秒時間內整個兒與地面拉一個平，全沒了。你們知道聖書裏面形容天降大難的時候，不要說本來脆弱的人類完全放棄了一切的虛榮，就是最猛鷙的野獸與飛禽也會在刹時間變化了性質，老虎會來小貓似的挨著你躲著，利喙的鷹鷂會得躲入雞棚裏去窩著，比雞還要馴服。在那樣非常的變動時，他們也好似覺悟了這彼此同是生物的親屬關係，在天怒的跟前同是剝奪了抵抗力的小蟲子，這裏面就發生了同命運的同情。你們試想就東京一地說，二三百萬的人口，幾十百年辛勤的成績，突然的面對著最後審判的實在，就在今天我們回想起當時他們全城子像一個滾沸的油鍋時的情景，原來熱鬧的市場變成了光焰萬丈的火盆，在這裏面人類最集中的心力與體力的成績全變了燃料，在這裏面藝術、教育、政治、社會人的骨與肉與血都化成了灰燼，還有百十萬男女老小的哭嚷聲，這哭聲本體就可以搖動天地，——我們不要說親身經歷，就是坐在椅子上想像這樣不可信的情景時，也不免覺得害怕不是？那可不是頑兒的事情。單只描寫那樣的大變，恐怕至少就須要荷馬或是莎士比亞的天才。你們試想在那時候，假如你們親身經歷時，你的心理該是怎麼樣？你還恨你的仇人嗎？你還不饒恕你的朋友嗎？你還沾戀你個人的私有嗎？你還有欺哄人的機會嗎？你還有什麼希望嗎？你還不摟住你身旁的生物，管他是你的妻子，你的老子，你的聽差，你的媽，你的冤家，你的老媽子，你的貓，你的狗，把你靈魂裏還剩下的光明一齊放射出來，和著你同難的同胞在這普遍的黑暗裏來一個最後的結合嗎？

但運命的手段還不是那樣的簡單。他要是把你的一切都掃滅了，那倒也是一個痛快的結束；他可不然。他還讓你活著，他還有更苛刻的試驗給你。大難過了，你還喘著氣；你的家，你的財產，都變了你腳下的灰，你的愛親與妻與兒女的骨肉還有燒不爛的在火堆裏燃著，你沒有了一切；但是太陽又在你的頭上光亮的照著，你還是好好的在平定的地面上站著，你疑心這一定是夢，可又不是夢，因爲不久你就發現與你同難的人們，他們也一樣的疑心他們身受的是夢。可真不是夢；是真的。你還活著，你還喘著氣，你得重新來過，根本的完全的重新來過。除非是你自願放手，你的靈魂裏再沒有勇敢的分子。那才是你的真試驗的時候。這考卷可不容易交了，要到那時候你才知道你自己究竟有多大能耐，值多少，有多少價值。

我們鄰居日本人在災後的實際就是這樣。全完了，要來就得完全來過，盡你自身的力量不夠，加上你兒子的，你孫子的，你孫子的兒子的孫子的努力，也許可以重新撐起這份家私，但在這努力的經程中，誰也保不定天與地不再搗亂；你的幾十年只要他的幾秒鐘。問題所以是你幹不幹？就只乾脆的一句話，你幹不幹，是或否？同時也許無情的運命，扭著他那醜陋可怕的臉子在你

的身旁冷笑，等著你最後的回話。你幹不幹，他彷彿也涎著他的怪臉問著你！

我們勇敢的鄰居們已經交了他們的考卷；他們回答了一個乾脆的幹字，我們不能不佩服。我們不能不尊敬他們精神的人格。不等那大震災的火焰緩和下去，我們鄰居們第二次的奮鬥已經莊嚴的開始了。不等運命的殘酷的手臂鬆放，他們已經宣言他們積極的態度對運命宣戰。這是精神的勝利，這是偉大，這是證明他們有不可搖的信心，不可動的自信力；證明他們是有道德的與精神的準備的，有最堅強的毅力與忍耐力的，有內心潛在著的精力的，有充分的後備軍的，好比說，雖則前敵一起在炮火裏毀了，這只是給他們一個出馬的機會。他們不但不悲觀，不但不消極，不但不絕望，不但不低著嗓子乞憐，不但不倒在地下等救，在他們看來這大災難，只是一個偉大的激刺，偉大的鼓勵，偉大的靈感，一個應有的試驗，因此他們新來的態度只是雙倍的積極，雙倍的勇猛，雙倍的興奮，雙倍的有希望；他們彷彿是經過大戰的大將，戰陣愈急迫愈危險，戰鼓愈打得響亮，他的膽量愈大，往前衝的步子愈緊，必勝的決心愈強。這，我說，真是精神的勝利，一種道德的強制力，偉大的，難能的，可尊敬的，可佩服的。泰戈爾說的，國家的災難，個人的災難，都是一種試驗：除是災難的結果壓倒了你的意志與勇敢，那才是真的災難，因為你更沒有翻身的希望。

這也並不是說他們不感覺災難的實際的難受，他們也是人，他們雖勇，心究竟不是鐵打的。但他們表現他們痛苦的狀態是可注意的；他們不來零碎的呼叫，他們採用一種雄偉的莊嚴的儀式。此次震災的周年紀念時；他們選定一個時間，舉行他們全國的悲哀；在不知是幾秒或幾分鐘的期間內，他們全國的國民一致的靜默了，全國民的心靈在那短時間內融合在一陣懺悔的，祈禱的，普遍的肅靜裏；（那是何等的淒偉！）然後，一個信號打破了全國的靜默，那千百萬人民又一致的高聲悲號，悲悼他們曾經遭受的慘運；在這一聲彌漫的哀號裏，他們國民，不僅發洩了蓄積著的悲哀，這一聲長號，也表明他們一致重新來過的偉大的決心。（這又是何等的淒偉！）

這是教訓，我們最切題的教訓。我個人從這兩件事情——俄國革命與日本地震——感到極深刻的感想；一件是告訴我們什麼是有意義有價值的犧牲，那表面紊亂的背後堅定的站著某種主義或是某種理想，激動人類潛伏著一種普遍的想望，爲要達到那想望的境界，他們就不顧冒怎樣劇烈的險與難，拉倒已成的建設踏平現有的基礎，拋卻生活的習慣，嘗試最不可測量的路子。這是一種瘋癲，但是有目的的瘋癲；單獨的看，局部的看，我們盡可以下種種非難與責備的批評，但全部的看，歷史的看時，那原來紛亂的就有了條理，原來散漫的就成了片段，甚至於在經程中一切反理性的分明殘暴的事實都有了他們相當的應有的位置，在這部大悲劇完成時，在這無形的理想「物化」成事實時，在人類歷史清理節帳時，所得便超過所出，贏餘至少是蓋得過損失的。我們現在自己的悲慘就在問題不集中，不清楚，不一貫；我們缺少，用一個現成的比喻——那一面半空裏升起來的彩色旗，（我不是主張紅旗我不過比喻罷了！）使我們有眼睛能看的人都不由的不仰著頭望；缺少那青天裏的一個霹靂，使我們有耳朵能聽的不由的驚心。正因爲缺乏這樣一個一貫的理想與標準（能夠表現我們潛在意識所想望的），我們有的那一部瘋癲性——歷史上所有的大運動都脫不了瘋癲性的成分——就沒有機會充

分的外現，我們物質生活的累贅與沾戀，便有力量壓迫住我們精神性的奮鬥；不是我們天生不肯犧牲，也不是天生懦怯，我們在這時期內的確不曾尋著值得或是強迫我們犧牲的那件理想的大事，結果是精力的散漫，志氣的怠惰，苟且心理的普遍，悲觀主義的盛行，一切道德標準與一切價值的毀滅與埋葬。

人原來是行為的動物，尤其是富有集合行為力的，他有向上的能力，但他也是最容易墮落的，在他眼前沒有正當的方向時，比如猛獸監禁在鐵籠子裏。在他的行為力沒有發展的機會時，他就會隨地躺了下來，管他是水潭是泥潭，過他不黑不白的豬奴的生活。這是最可慘的現象，最可悲的趨向。如其我們容忍這種狀態繼續存在時，那時每一對父母每次生下一個潔淨的小孩，只是為這卑劣的社會多添一個墮落的分子，那是莫大的褻瀆的罪業；所有的教育與訓練也就根本的失去了意義，我們還不如盼望一個大雷霆下來毀盡了這三江或四江流域的人類的痕跡！

再看日本人天災後的勇猛與毅力，我們就不由的不慚愧我們的窮，我們的乏，我們的寒傖。這精神的窮乏才是真可恥的，不是物質的窮乏。我們所受的苦難都還不是我們應有的試驗的本身，那還差得遠著哪；但是我們的醜態已經恰好與人家的從容成一個對照。我們的精神生活沒有充分的涵養，所以臨著稀小的紛擾便沒有了主意，像一個耗子似的，他的天才只是害怕，他的伎倆只是小偷；又因為我們的生活沒有深刻的精神的要求，所以我們合群生活的大網子就缺少最吃分量最經用的那幾條普遍的同情線，再加之原來的經緯已經到了完全破爛的狀態，這網子根本就沒有了聯結，不受外物侵損時已有潰敗的可能，哪裡還能在時代的急流裏，撈起什麼有價值的東西？說也奇怪，這幾千年歷史的傳統精神非但不曾供給我們社會一個頑固的基礎，我們現在到了再不容隱諱的時候，誰知道發現我們的椿子，只是在黃河裏造橋，打在流沙裏的！

難怪悲觀主義變成了流行的時髦！但我們年輕人，我們的身體裏還有生命跳動，脈管裏多少還有鮮血的年輕人，卻不應當沾染這最致命的時髦，不應當學那隨地躺得下去的豬，不應當學那苟且專家的耗子，現在時候逼迫了，再不容我們剎那的含糊。我們要負我們應負的責任，我們要來補織我們已經破爛的大網子，我們要在我們各個人的生活裏抽出人道的同情的纖維來合成強有力的繩索，我們應當發現那適當的象徵，像半空裏那面大旗似的，引起普遍的注意；我們要修養我們精神的與道德的人格，預備忍受將來最難堪的試驗。簡單的一句話，我們應當在今天——過了今天就再沒有那一天了——宣傳我們對於生活基本的態度。是是還是否；是積極還是消極；是生道還是死道；是向上還是墮落？在我們年輕人一個字的答案上就掛著我們全社會的運命的決定。我盼望我至少可以代表大多數青年，在這篇講演的末尾，高叫一聲——用兩個有力量的外國字——

「Everlasting yea!」

注釋

①即查良釗，當時是北京師範大學的教務長。

山中來函

劍三①：

我還活著。但是至少是一個「出家人」。我住在我們鎮上的一個山裏，這裏有一個新造的祠堂，叫做「三不朽」，這名字肉麻得凶，其實只是一個鄉賢祠的變名，我就寄宿在這裏。你不要見笑徐志摩活著就進了祠堂，而且是三不朽！這地方倒不壞，我現在坐著寫字的窗口，正對著山景，燒剩的廟，精光的樹，常青的樹，石牌坊戲臺，怪形的石錯落在樹木間，山頂上的寶塔，塔頂上徘徊著的「餓老鷹」有時賣弄著他們穿天響的怪叫，累累的墳堆、享亭、白木的與包著蘆席的棺材——都在嫩色的朝陽裏浸著。隔壁是祠堂的大廳，供著歷代的忠臣、孝子、清客、書生、大官、富翁、棋國手（陳子仙）、數學家（李善蘭②壬叔）以及我自己的祖宗，他們為什麼「不朽」，我始終沒有懂：再隔壁是節孝祠，多是些跳井的投河的上吊的吞金的服鹽鹵的也許吃生鴉片吃火柴頭的烈女烈婦以及無數咬緊牙關的「望門寡」，抱牌位做親的，教子成名的，節婦孝婦，都是犧牲了生前的生命來換死後的冷豬頭肉，也還不很靠得住的；再隔壁是東寺，外邊牆壁已是半爛，殿上神像只剩了泥灰。前窗望去是一條小河的盡頭，一條藤蘿滿攀著磊石的石橋，一條狹堤，過堤一潭清水，不知是血污還是蓄荷池（土音同），一個鬼客棧（厝所）一片荒場也是墓墟累累的，再望去是硤石鎮的房屋了，這裏時常過路的是：香客，挑菜擔的鄉下人，青布包頭的婦人，背著黃葉簍子的童子，戴黑布風帽手提燈籠的和尚，方巾的道士，寄宿在戲臺下與我們守望相助的丐翁，牧羊的童子與他的可愛的白山羊，到山上去尋柴，掘樹根，或掠乾草的，送羹飯與叫姓的（現在眼前就是，真妙，前面一個男子手裏拿著一束稻柴，口裏喊著病人的名字叫他到「屋裏來」，後面跟著一個著紅棉襖綠背心的老婦人，撐著一把雨傘，低聲的答應著那男子的叫喚）。晚上只聽見各種的聲響：塔院裏的鐘聲，林子裏的風響，寺角上的鈴聲，遠處小兒啼聲、狗吠聲、梟鳥的咒詛聲，石路上行人的腳步聲——點綴這山腳下深夜的沉靜，管祠堂人的房子裏，不時還鬧鬼，差不多每天有鬼話聽！

這是我的寓處。世界，熱鬧的世界，離我遠得很：北京的灰砂也吹不到我這裏來——博生真鄙吝，連一份《晨報》附張都捨不得寄給我；朋友的信息更是杳然了。今天我偶爾高興，寫成了三段《東山小曲》，現在寄給你，也許可以補補空白。

我唯一的希望只是一場大雪。

志摩問安一月二十日

注釋

①劍三：即王統照（1897-1957），作家，文學研究會發起人之一，當時他在京主編文學研究會會刊《文學旬刊》（《晨報》副刊之一）。

②李善蘭（1811-1882），清代數學家，字任叔，浙江海寧人，徐志摩的同鄉。

醜西湖

「欲把西湖比西子，濃妝淡抹總相宜。」我們太把西湖看理想化了。夏天要算是西湖濃妝的時候，堤上的楊柳綠成一片濃青，裏湖一帶的荷葉荷花也正當滿豔，朝上的煙霧，向晚的晴霞，哪樣不是現成的詩料，但這西姑娘你愛不愛？我是不成，這回一見面我回頭就逃！什麼西湖這簡直是一鍋腥臊的熱湯！西湖的水本來就淺，又不流通，近來滿湖又全養了大魚，有四五十斤的，把湖裏嫋嫋婷婷的水草全給咬爛了，水混不用說，還有那魚腥味兒頂叫人難受。

說起西湖養魚，我聽得有種種的說法，也不知哪樣是內情：有說養魚甘脆是官家謀利，放著偌大一個魚沼，養肥了魚打了去賣不是頂現成的；有說養魚是為預防水草長得太放肆了怕塞滿了湖心，也有說這些大魚都是大慈善家們為要延壽或是求子或是求財源茂健特為從別地方買了來放生在湖裏的，而且現在打魚當官是不准。不論怎麼樣，西湖確是變了魚湖了。六月以來杭州據說一滴水都沒有過，西湖當然水淺得像個乾血癆的美女，再加那腥味兒！

今年南方的熱，說來我們住慣北方的也不易信，白天熱不說，通宵到天亮也不見放鬆，天天大太陽，夜夜滿天星，節節高的一天暖似一天。杭州更比上海不堪，西湖那一窪淺水用不到幾個鐘頭的曬就離滾沸不遠什麼，四面又是山，這熱是來得去不得，一天不發大風打陣，這鍋熱湯，就永遠不會涼。我那天到了晚上才雇了條船遊湖，心想比岸上總可以涼快些。好，風不來還熬得，風一來可真難受極了，又熱又帶腥味兒，真叫人發眩作嘔，我同船一個朋友當時就病了，我記得紅海裏兩邊的沙漠風都似乎較爲可耐些！夜間十二點我們回家的時候都還是熱虎虎的。還有湖裏的蚊蟲！簡直是一群群的大水鴨子！我一生定就活該。

這西湖是太難了，氣味先就不堪。再說沿湖的去處，本來頂清淡宜人的一個地方是平湖秋月，那一方平臺，幾棵楊柳，幾折迴廊，在秋月清澈的涼夜去坐著看湖確是別有風味，更好在去的人絕少，你夜間去總可以獨佔，喚起看守的人來泡一碗清茶，沖一杯藕粉，和幾個朋友閒談著消磨他半夜，真是清福。我三年前一次去有琴友有笛師，躺平在楊樹底下看揉碎的月光，聽水面上翻響的幽樂，那逸趣真不易。西湖的俗化真是一日千里，我每回去總添一度傷心：雷峰也羞跑了，斷橋折成了汽車橋，哈得①在湖心裏造房子，某家大少爺的汽油船在三尺的柔波裏興風作浪，工廠的煙替代了出岫的霞，大世界以及什麼舞臺的鑼鼓充當了湖上的啼鶯，西湖，西湖，還有什麼可留戀的！這回連平湖秋月也給糟蹋了，你信不信？

「船家，我們到平湖秋月去，那邊總還清靜。」

「平湖秋月？先生，清靜是不清靜的，格歇開了酒館，酒館著實鬧忙哩，你看，望得見的，穿白衣服的人多煞勒瞎，扇子□得活血血的，還有唱唱的，十七八歲的姑娘，聽聽看——是無錫山歌哩，胡琴都蠻清爽的……」

那我們到樓外樓②去吧。誰知樓外樓又是一個傷心！原來樓外樓那一樓一底的舊房子斜斜的對

著湖心亭，幾張揩抹得發白光的舊桌子，一兩個上年紀的老堂倌，活絡絡的魚蝦，滑齊齊的蒓菜，一壺遠年，一碟鹽水花生，我每回到西湖往往偷閒獨自跑去領略這點子古色古香，靠在欄杆上從堤邊楊柳蔭裏望灩灩的湖光，晴有晴色，雨雪有雨雪的景致，要不然月上柳梢時意味更長，好在是不鬧，晚上去也是獨佔的時候多，一邊喝著熱酒，一邊與老堂倌隨便講講湖上風光，魚蝦行市，也自有一種說不出的愉快。但這回連樓外樓都變了面目！地址不曾移動，但翻造了三層樓帶屋頂的洋式門面，新漆亮光光的刺眼，在湖中就望見樓上電扇的疾轉，客人鬧盈盈的擠著，堂倌也換了，穿上西崽的長袍，原來那老朋友也看不見了，什麼閒情逸趣都沒有了！我們沒辦法移一個桌子在樓下馬路邊吃了一點東西，果然連小菜都變了，真是可傷。

泰戈爾來看了中國，發了很大的感慨。他說，「世界上再沒有第二個民族像你們這樣蓄意的製造醜惡的精神。」怪不過老頭牢騷，他來時對中國是怎樣的期望（也許是詩人的期望），他看到的又是怎樣一個現實！狄更生先生有一篇絕妙的文章，是他遊泰山以後的感想，他對照西方人的俗與我們的雅，他們的唯利主義與我們的閒暇精神。他說只有中國人才真懂得愛護自然，他們在山水間的點綴是沒有一點辜負自然的；實際上他們處處想法子增添自然的美，他們不容許煞風景的事業。他們在山上造路是依著山勢迴環曲折，鋪上本山的石子，就這山道就饒有趣味，他們寧可犧牲一點便利。不願斫喪自然的和諧。所以他們造的是嫵媚的石徑；歐美人來時不開馬路就來穿山的電梯。他們在原來的石塊上刻上美秀的詩文，漆成古色的青綠，在苔蘚間掩映生趣；反之在歐美的山石上只見雪茄煙與各種生意的廣告。他們在山林叢密處透出一角寺院的紅牆，西方人起的是幾層樓嘈雜的旅館。聽人說中國人得效法歐西，我不知道應得自覺虛心做學徒的究竟是誰？

這是十五年前狄更生先生來中國時感想的一節。我不知道他現在要是回來看看西湖的成績，他又有什麼妙文來頌揚我們的美德！

說來西湖真是個愛倫內③。論山水的秀麗，西湖在世界上真有位置。那山光，那水色，別有一種醉人處，叫人不能不生愛。但不幸杭州的人種（我也算是杭州人），也不知怎的，特別的來得俗氣來得陋相。不讀書人無味，讀書人更可厭，單聽那一口杭白，甲隔甲隔④的，就夠人心煩！看來杭州人話會說（杭州人真會說話！），事也會做，近年來就「事業」方面看，杭州的建設的確不少，例如西湖堤上的六條橋就全給拉平了替汽車公司幫忙；但不幸經營山水的風景是另一種事業，決不是開鋪子、做官一類的事業。平常佈置一個小小的園林，我們尚且說總得主人胸中有些丘壑，如今整個的西湖放在一班大老的手裏，他們的腦子裏平常想些什麼我不敢猜度，但就成績看，他們的確是只圖每年「我們杭州」商界收入的總數增加多少的一種頭腦！開鋪子的老班們也許沾了光，但是可憐的西湖呢？分明天生俊俏的一個少女，生生的叫一群粗漢去替她塗脂抹粉，就說沒有別的難堪情形，也就夠煞風景又煞風景！天啊，這苦惱的西子！

但是回過來說，這年頭哪還顧得了美不美！江南總算是天堂，到今天為止。別的地方人命只當得蟲子，有路不敢走，有話不敢說，還來搭什麼臭紳士的架子，挑什麼夠美不夠美的鳥眼？

八月七日

注釋

①通譯哈同（1847-1931），猶太人，後入英國籍。一九七四年到上海，從事商業投機活動，後成為有名的富翁。

②樓外樓，杭州一家有名的飯館，在西湖孤山腳下。

③英文Irony一詞的音譯，意即「反諷」。

④杭州方言，「怎麼怎麼」的意思。

死城（北京的一晚）

廉楓站在前門大街上發怔。正當上燈的時候，西河沿的那一頭還漏著一片焦黃。風算是刮過了，但一路來往的車輛總不能讓道上的灰土安息。他們忙的是什麼？翻著皮耳朵的巡警不僅得用手指，還得用口嚷，還得旋著身體向左右轉。翻了車，碰了人，還不是他的事？聲響是雜極了的，但你果然當心聽的話，這勻勻的一片也未始沒有它的節奏；有起伏，有波折，也有間歇。人海裏的潮聲。廉楓覺得他自己坐著一葉小艇從一個濤峰上顛渡到又一個濤峰上。他的腳尖在站著的地方不由的往下一按，彷彿信不過他站著的是堅實的地土。

在灰土狂舞的青空兀突著前門的城樓，像一個腦袋，像一個骷髏。青底白字的方塊像是骷髏臉上的窟窿，顯著無限的憂鬱，廉楓從不曾想到前門會有這樣的面目。它有什麼憂鬱？它能有什麼憂鬱。可也難說，明陵的石人石馬，公園的公理戰勝碑，有時不也看得發愁？總像是有滿肚的話無從說起似的。這類東西果然有靈性，能說話，能衝著來往人們打哈哈，那多有意思？但前門現在只能沉默，只能忍受——忍受黑暗，忍受漫漫的長夜。它即使有話也得過些時候再說，況且它自己的腦殼都已讓給蝙蝠們，耗子們做了家，這時候它們正在活動，——它即使能說話也不能說。這年頭一座城門都有難言的隱衷，真是的！在黑夜的逼近中，它那壯偉，它那博大，看得多麼遠，多麼孤寂，多麼冷。

大街上的神情可是一點也不見孤寂，不見冷。這才是紅塵，顏色與光亮的一個鬥勝場，夠好看的。你要是拿一塊綢絹蓋在你的臉上再望這一街的紅豔，那完全另是一番景象。你沒有見過威尼市大運河上的晚照不是？你沒有見過納爾遜大將在地中海口轟打拿破崙艦隊不是？你也沒有見過四川青城山的朝霞，英倫泰晤士河上霧景不是？好了，這來用手絹一護眼看前門大街——你全見著了一轉手解開了無窮的想像的境界，多巧！廉楓搓弄著他那方綢絹。不是不得意他的不期的發現。但他一轉身又瞥見了前門城樓的一角，在灰蒼中隱現著。

進城吧。大街有什麼好看的？那外表的熱鬧正使人想起喪事人家的鼓吹，越喧闐越顯得淒涼。況且他自己的心上又橫著一大餅的涼，涼得發痛。彷彿他內心的世界也下了雪，路旁的樹枝都蘸著銀霜似的。道旁樹上的冰花可真是美；直條的，橫條的，肥的瘦的，梅花也欠他幾分晶瑩，又是那恬靜的神情，受苦還是含笑。可不是受苦，小小的生命躲在枝幹最中心的纖維裏耐著風雪的侵凌——它們那心窩裏也有一大餅的涼但它們可不怨；它們明白，它們等著，春風一到它們就可抬頭，它們知道，榮華是不斷的，生命是悠久的。

生命是悠久的。這大冷天，雪風在你的頸根上直刺，蟲子潛伏在泥土裏等打雷，心窩裏帶著一餅子的涼，你往哪兒去？上城牆去望望不好嗎？屋頂上滿鋪著銀，僵白的樹木上也不見惱人的春色，況且那東南角上亮亮的不是上弦的月正在升起嗎？月與雪是有默契的。殘破的城磚上停留著殘雪的斑點，像是無名的傷痕，月光淡淡的斜著來，如同有手指似的撫摩著它的荒涼的夥伴。獵夫星

正從天邊翻身起來，腰間翹著箭囊，賣弄著他的英勇。西山的屏巒竟許也望得到，青青的幾條髮絲勾勒著沈鬱的暝色，這上面懸照著太白星耀眼的寶光。靈光寺的木葉，秘魔岩的沈寂，香山的凍泉，碧雲山的雲氣，山坳間或有一星一星的火光；在雪意的慘澹裏點綴著慘澹的人跡……這算計不錯，上城牆去，犯著寒，冒著夜。黑黑的，孤零零的，看月光怎樣把我的身影安置到雪地裏去，廉楓正走近交民巷一邊的城根，聽著美國兵營的溜冰場裏的一陣笑響，忽然記起這邊是帝國主義的禁地，中國人怕不讓上去。果然，那一個長六尺高一臉糟瘢守門兵只對他搖了搖腦袋，磨著他滿口的橡皮，挺著胸脯來回走他的路。

不讓進去，辜負了，這荒城，這涼月，這一地的銀霜。心頭那一餅還是不得疏散。鬱得更涼了。不到一個適當的境地你就不敢拿你自己儘量的往外放，你不敢面對你自己；不敢自剖。彷彿也有個糟瘢臉的把著門哪。他不讓進去。有人得喝夠了酒才敢打倒那糟瘢臉的。有人得仰伏迷醉的月色。人是這軟弱。什麼都怕，什麼都不敢當面認一個清切；最怕看見自己。得！還有什麼地方可去的？敢去嗎？

廉楓抬頭望了望星。疏疏的沒有幾顆。也不顯亮。七姊妹倒看得見，挨得緊緊的，像一球珠花。順著往東去不好嗎？往東是順的。地球也是這麼走。但這陌生的胡同在夜晚。覺得多深沉，多窈遠。單這靜就怕人。半天也不見一副賣蘿蔔或是賣雜吃的小擔。他們那一個小火，照出紅是紅青是青的，在深巷裏顯得多可親，多玲瓏，還有他們那叫賣聲，雖則有時曳長得叫人聽了悲酸，也是深巷裏不可少的點綴。就像是空白的牆壁上掛上了字畫，不論精粗，多少添上一點人間的趣味。你看他們把擔子歇在一家門口，站直了身子，昂著腦袋，咧著大口唱——唱得脖子裏筋都暴起了。這來鄰近哪家都不能不聽見。那調兒且在那空氣裏轉著哪——他們自個兒的口鼻間蓬蓬的晃著一團的白雲。

今晚什麼都沒有。狗都不見一隻。家門全是關得緊緊的。牆壁上的油燈——一小米的火——活像是鬼給點上的。方便鬼的。騾馬車碾爛的雪地，在這鬼火的影映下，都滿是鬼意。鬼來跳舞過的。化子們叫雪給埋了。口袋裏有的是銅子，要見著化子，在這年頭，還有不佈施的？靜：空虛的靜，墓底的靜。這胡同簡直沒有個底。方才拐了沒有？廉楓望了望星知道方向沒有變。總得有個盡頭，趕著走吧。

走完了胡同到了一個曠場。白茫茫的。頭頂星顯得更多更亮了。獵夫早就全身披掛的支起來了，狗在那一頭領著路。大熊也見了。廉楓打了一個寒噤。他走到了一座墳山。外國人的，在這城根。也不知怎麼的，門沒有關上。他進了門。這兒地上的雪比道上的白得多，鬆鬆的滿沒有斑點。月光正照著，墓碑有不少，疏朗朗的排列著，一直到黑巍巍的城根。有高的，有矮的，也有雕鏤著形象的。悄悄的全戴著雪帽，蓋著雪被，悄悄的全躺著。這倒有意思，月下來拜會洋鬼子，廉楓歎了一口氣。他走近一個墓墩，拂去了石上的雪，坐了下去。石上刻著字，許是金的，可不易辨認。廉楓拿手指去摸那字跡。冷極了！那雪醃過的石板啄墨紙似的猛收著他手指上的體溫冷得發僵，感

覺都失了。他哈了口氣再摸，彷彿人家不願意你非得請教姓名似的。摸著了，原來是一位姑娘。FRAULEIN ELIZA BERKSON。還得問幾歲，這字小更費事，可總得知道。早三年死的二十八除六是二十二。呀，一位妙年姑娘，才二十二歲的！廉楓感到一種奇異的戰慄，從他的指尖上直通到髮尖；彷彿身背著一個黑影子在晃動。但雪地上只有淡白的月光，黑影子是他自己的。

做夢也不易夢到這般境界。我陪著你哪，外國來的姑娘。廉楓的肢體在夜涼裏凍得發了麻，就是胸潭裏一顆心熱熱的跳著，應和著頭頂明星的閃動。人是這軟弱他非得要同情。盤踞在肝腸深處的那些非得要一個盡情傾吐的機會。活的時候得不著，臨死，只要一口氣不曾斷，還非得招承、眼珠已經褪了光，發音都不得清楚他一樣非得懺悔。非得到永別生的時候人才有膽量，才沒有顧忌。每一個靈魂裏都安著一點謊謊能進天堂嗎？你不是也對那穿黑長袍胸前掛金十字的老先生說了你要說的話才安心到這石塊底下躺著不是，貝克生姑娘？我還不死哪。但這靜定的夜景是多大一個引誘！我覺得我的身子已經死了，就只一點子靈性在一個夢世界的浪花裏浮萍似的飄著。空靈，安逸。夢世界是沒有牆圍的。沒有涯涘的。你得寬恕我的無狀，在昏夜裏踞坐在你的寢次，姑娘。但我已然感到一種超凡的寧靜，一種解放，一種瑩澈的自由。這也許是你的靈感——你與雪地上的月影。

我不能承受你的智慧，但你卻不能吝惜你的容忍。我不是你的誰，不是你的朋友，不是你的相知，但你不能不認識我現在向你訴說的憂愁，你——廉楓的手在石板的一頭觸到了凍僵的一束什麼。

一把萎謝了的花——玫瑰。有三朵，叫雪給醃僵了。他親了親花瓣上的凍雪。我羨慕你在人間還有未斷的恩情，姑娘但這也是個累贅，說到徹底的話。這三朵香豔的花放上你的頭邊——他或是你的親屬或是你的知己——你不能不生感動不是？我也曾經親自到山谷裏去採集野香去安放在我的她的頭邊。我的熱淚滴上冰冷的石塊時，我不能懷疑她在泥土裏或在星天外也含著悲酸在體念我的情意。但她是遠在天的又一方，我今晚只能借景來抒解我的苦辛——

人生是辛苦的。最辛苦是那些在黑茫茫的天地間尋求光熱的生靈。可憐的秋蛾，他永遠不能忘情於火焰。在泥草間化生，在黑暗裏飛行，抖擻著翅羽上的金粉——它的願望是在萬萬里外的一顆星。那是我。見著光就感到激奮，見著光就顧不得粉脆的軀體，見著光就滿身充滿著悲慘的神異，殉獻的奇麗——到火焰的底裏去實現生命的意義。那是我。天讓我望見那一柱光！那一個靈異的時間！「也就一半句話，甘露活了枯芽」。我的生命頓時豁裂成一朵奇異的願望的花。「生命是悠久的」，但花開只是朝露與晚霞間的一段插話。殷勤是夕陽的顧盼，爲花事的榮悴關心。可憐這心頭的一撮土，更有誰來憑弔？「你的煩惱我全知道，雖則你從不曾向我說破；你的憂愁我全明白，爲你我也時常難受。」清麗的晨風，吹醒了大地的榮華！「你耐著吧，美不過這半綻的蓓蕾。」「我去了，你不必悲傷，珍重這一卷詩心，光彩常留在星月間。」她去了！光彩常在星月間。

陌生的朋友，你不嫌我話說得晦塞吧。我想你懂得。你一定懂。月光染白了我的髮絲，這枯槁的形容正配與墓墟中人作伴；它也彷彿爲我照出你長眠的寧靜……那不是我那她的眉目？迷離的月

影，你何妨爲我認真來刻劃個靈通？她的眉目；我如何能遺忘你那永訣時的神情！竟許就那一度，在生死的邊沿，你容許我懷抱你那生命的本真；在生死的邊沿你容許我親吻你那性靈的奧隱，在生死的邊沿，你容許我哺啜你那妙眼的神輝。那眼，那眼！愛的純粹的精靈迸裂在神異的剎那間！你去了，但你是永遠留著。從你的死，我才初次會悟到生。會悟到生死間一種幽玄的絲縷。世界是黑暗的，但我卻永久存儲著你的不死的靈光。

廉楓抬頭望著月。月也望著他。青空添深了沉默。城牆外彷彿有一聲鴉啼，像是裂帛，像是鬼嘯。牆邊一枝樹上拋下了一捧雪，亮得輝眼。這還是人間嗎？她爲什麼不來，像那年在山中的一夜？

「我送別她歸去，與她在此分離，
在青草裏飄拂，她的潔白的裙衣。」

詭異的人生！什麼古怪的夢希望在你擎上手掌估計分量時，已經從你的手指間消失，像是發珠光的青汞。什麼都得變成灰，飛散，飛散，飛散飛散……我不能不羨慕你的安逸，緘默的墓中人！我心頭還有火在燒，我懷著我的寶；永沒有人能探得我的痛苦的根源，永沒有人知曉，到那天我也得瞑目時，我把我的寶還交給上帝：除了他更有誰能賜與，能承受這生命的生命？我是幸福的！你不羨慕我嗎，朋友？

我是幸福，因爲我愛，因爲我有愛。多偉大，多充實的一個字！提著它胸肋間就透著熱，放著光，滋生著力量。多謝你的同情的傾聽。長眠的朋友，這光陰在我是稀有的奢華。這又是北京的清靜的一隅。在涼月下，在荒城邊，在銀霜滿樹時。但北京——廉楓眼前又扯亮著那獰惡的前門。像一個腦袋，像一個骷髏。喪事人家的鼓樂。北海的蘆葦。榮葉能不死嗎？在晚照的金黃中，有孤鶩在冰面上飛。銷沉，銷沉。更有誰眷念西山的紫氣？她是死了——一堆灰。北京也快死了——準備一個缽盂，到枯木林中去安排它的葬事。有什麼可說的？再會吧，朋友，還有什麼可說的？

他正想站起身走，一回頭見進門那路上彷彿又來了一個人影。肥黑的一團在雪地上移著，遲遲的移著，向著他的一邊來。有樹攔著，認不真是什麼，是人嗎？怪了，這是誰？在這大涼夜還有與我同志的嗎？爲什麼不，就許你嗎？可真是有些怪，它又不動了，那黑影子絞和著一棵樹影，像一個大包袱。不能是鬼吧。爲什麼發噤，怕什麼的？是人，許是又一個傷心人，是鬼，也說不定它別有懷抱。竟許是個女子，誰知道！在涼月下，在荒塚間，在銀霜滿地時。它傴僂著身子哪，像是撿什麼東西。不能是個化子——化子化不到墓園裏來。唷，它轉過來了！

它過來了，那一團的黑影。走近了。站定了，他也望著坐在墳墩上的那個發楞哪。是人，還是鬼，這月光下的一堆？他也在想。「誰？」粗糙的，沉濁的口音。廉楓站起了身，哈著一雙凍手。「是我，你是誰？」他是一個矮老頭兒，屈著肩背，手插在他的一件破舊制服的破袋裏。「我是這兒看門的。」他也走到了月光下。活像《哈姆雷德》裏一個掘墳的，廉楓覺得有趣，比一個妙年女子，不論是鬼是人，都更有趣。「先生，你什麼時候進來的？我哼是睡著了，那門沒有關嚴嗎？」「我進來半天了。」「不涼嗎您坐在這石頭上？」「就你一個人看著門的？」「除了我這樣的苦小老兒，誰肯來當這苦差？」「你來有幾年了？」「我怎麼知道有幾年了！反正老佛爺沒有死，我早就來了。這該有不少年份了吧，先生？我是一個在旗吃糧的，您不看我的衣服？」「這兒常有人來不？」「倒是有。除了洋人拿花來上墳的，還有學生也有來的，多半是一男一女的。天涼了就少有來的了。你不也是學生嗎？」他斜著一雙老眼打量廉楓的衣服。「你一個人看著這麼多的洋鬼不害怕？」老頭他樂了。這話問得多幼稚，準是個學生，年紀不大。「害怕？人老了，人窮了，還怕什麼的！再說我這還不是靠鬼吃一口飯嗎？靠鬼，先生！」「你有家不，老頭兒！」「早就死完了。死乾淨了。」「你自己怕死不，老頭兒，」老頭又樂了。「先生，您又來了！人窮了，人老了，還怕死嗎？你們年輕人愛玩兒，愛樂，活著有意思，咱們哪說得上？」他在口袋裏掏出一塊黑絹子擤著他的凍鼻子。這聲音聽大了。城圈裏又有回音，這來墳場上倒添了不少生氣。那邊樹上有幾隻老鴉也給驚醒了，亮著他們半凍的翅膀。「老頭，你想是生長在北京的吧？」「一輩子就沒有離開過。」「那你愛不愛北京？」老頭簡直想咧個大嘴笑。這學生問的話多可樂！愛不愛北京？人窮了，人老了，有什麼愛不愛的？「我說給您聽聽吧，」他有話說。

「就在這兒東城根，多的是窮人，苦人。推土車的，推水車的，住閒的，殘廢的，全跟我一模一樣的，生長在這城圈子裏，一輩子沒有離開過。一年就比一年苦，大米一年比一年貴。土堆裏煤渣多撿不著多少。誰生得起火？有幾頓吃得飽的？夏天還可對付，冬天可不能含糊。凍了更餓，餓了更凍。又不能吃土。就這幾天天下大雪，好；狗都癟了不少！」老頭又擤了擤鼻子。「聽說有錢的人都搬走了，往南，往東南，發財的，升官的，全去了。窮人苦人哪走得了？有錢人走了他們更苦了，一口冷飯都討不著。北京就像個死城，沒有氣了，您知道！哪年也沒有本年的冷清。您聽聽，什麼聲音都沒有，狗都不叫了！前兒個我還見著一家子夫妻倆帶著三個孩子餓急了，又不能做賊，就商量商量借把刀子破肚子見閻王爺去。可憐著哪，那男的一刀子捅了他媳婦的肚子，腸子漏了，血直冒，算完了一個，等他抹回頭拿刀子對自個兒的肚子撩，您說怎麼了，那女的眼還睜著沒有死透，眼看著她丈夫拿刀扎自己，一急就拚著她那血身體向刀口直推，您說怎麼了，她那手正衝著刀鋒，快著哪，一隻手，四根手指，就讓白蘿蔔似的給批了下來，脆著哪！那男的一看這神兒，一心痛就痛偏了心，擲了刀回身就往外跑，滿口瘋嚷嚷的喊救命，這一跑誰知他往哪兒去了，咋兒個盔甲廠派出所的巡警說起這件事都撐不住淌眼淚哪。同是人不是，人總是一條心，這苦年頭誰受得了？苦人倒是愛面子，又不能偷人家的。真急了就吊，不吊就往水裏淹，大雪天河溝凍了淹不了，就借把刀子抹脖子拉肚腸根。是窮末，有什麼說的？好，話說回來了，您問我愛不愛北京。人窮了，人苦了，還有什麼路走？愛什麼！活不了，就得愛死！我不說北京就像個死城嗎？我說它簡直死定了！我還掏了二十個大子給那一家三小子買窩窩頭吃。才可憐哪！好，愛不愛北京？北京就

是這死定了，先生！還有什麼說的？」

廉楓出了墳園低著頭走，在月光下走了三四條老長的胡同才雇到一輛車。車往西北正頂著刀尖似的涼風。他裹緊了大衣，烤著自己的呼吸，心裏什麼念頭都給凍僵了。有時他睜眼望望一街陰慘的街燈，又看看那上年紀的車夫在滑溜的雪道上頂著風一步一步的挨，他幾回都想叫他停下來自己下去讓他坐上車拉他，但總是說不出口。半圓的月在雪道上亮著它的銀光。夜深了。

義大利的天時小引

我們常聽說義大利的天就比別處的不同：「藍天的義大利」，「豔陽的義大利」，「光亮的義大利」。我不曾來的時候，我常常想像義大利的天陰霾，晦塞，霧盲，昏沉那類的字在這裏當然是不適用不必說，就是下雨也一定像夏天陣雨似的別有風趣，只是在雨前雨後增添天上的嫵媚；我想沒有雲的日子一定多，頭頂只見一個碧藍的圓穹，地下只是豔麗的陽光，大致比我們冬季的北京再加幾倍光亮的模樣。有雲的時候，也一定是最可愛的雲彩，鵝毛似的白淨，一條條在藍天裏掛著，要不然就是彩色最鮮豔的晚霞，玫瑰、琥珀、瑪瑙、珊瑚、翡翠、珍珠什麼都有；看著了那樣的天（我想）心裏有愁的人一定會忘所愁，本來快活的一定加倍的快活……

那是想像中的義大利的天與天時，但想望總不免過分；在這世界上最美滿的事情離著理想的境界總還有幾步路。義大利的天，雖則比別處的好，終究還不是「洞天」。你們後來的記好了，不要期望過奢；我自己幸虧多住了幾天，否則不但不滿意，差一些還會十分的失望。

初入境的印象我敢說一定是很強的。我記得那天鑽出了阿爾帕斯①的山腳，連環的雪峰向後直退。郎巴德的平壤像一條地毯似的直鋪到前望的天邊；那時頭上的天與陽光的確不同，急切說不清怎樣的不同，就只天藍比往常的藍，白雲比尋常的白，陽光比平常的亮，你身邊站著的旅伴說「啊這是義大利」，你也脫口的回答「啊這是義大利」，你的心跳就自然的會增快，你的眼力自然的會加強。田裏的草，路旁的樹，湖裏的水都彷彿微笑著輕輕的回應你，啊這是義大利！

但我初到的兩個星期，從米蘭到威尼市，經翡冷翠去羅馬，義大利的天時，你說怎樣，簡直是荒謬！威尼市不曾見著它有名夕照的影子，翡冷翠只是不清明，羅馬最不顧廉恥，簡直連綿的淫雨了四天，四月有正月的冷，什麼遊興都給毀了，臨了逃向翡冷翠那天我真忍不住咒了。

注釋

①即阿爾卑斯，歐洲大陸最大的山脈。

曼殊斐爾

這心靈深處的歡暢，
這情緒境界的壯曠；
任天堂沉淪，地獄開放，
毀不了我內府的寶藏！

——康河晚照即景

美感的記憶，是人生最可珍的產業，認識美的本能，是上帝給我們進天堂的一把秘鑰。

有人的性情，例如我自己的，如以氣候喻，不但是陰晴相間，而且常有狂風暴雨，也有最豔麗蓬勃的春光。有時遭逢幻滅，引起厭世的悲觀，鉛般的重壓在心上，比如冬令陰霾，到處冰結，莫有些微生氣；那時便懷疑一切：宇宙、人生、自我，都只是幻的妄的；人情、希望、理想也只是妄的幻的。

Ah, human nature, how,
If utterly frail thou art and vile,

If dust thou art and ashes, is thy heart so great?

If thou art noble in part,

How are thy loftiest impulses and thoughts

By so ignobles causes kindled and put out?

「Sopra un ritratto di una bella donna.」①

這幾行是最深入的悲觀派詩人理巴第（Leopardi）的詩；一座荒墳的墓碑上，刻著塚中人生前美麗的肖像，激起了他這根本的疑問——若說人生是有理可尋的，何以到處只是矛盾的現象，若說美是幻的，何以他引起的心靈反動能有如此之深切，若說美是真的，何以可以也與常物同歸腐朽，但理巴第探海燈似的智力雖則把人間種種事物虛幻的外象一一褫剝連宗教都剝成了個赤裸的夢，他卻沒有力量來否認美！美的創現他只能認爲是稱奇的，他也不能否認高潔的精神戀，雖則他不信女子也能有同樣的境界，在感美感戀最純粹的一刹那間，理巴第不能不承認是極樂天國的消息，不能不承認是生命中最寶貴的經驗，所以我每次無聊到極點的時候，在層冰般嚴封的心河底裏，突然湧起一股消融一切的熱流，頃刻間消融了厭世的結晶，消融了煩悶的苦凍。那熱流便是感美感戀最純粹的一俄頃之回憶。

To see a world in a grain of sand,
And a Heaven in a wild flower,
Hold Infinity in the palm of your hand
And eternity in an hour

Auguries of Muvence William Glabe

從一顆沙裏看出世界，
天堂的消息在一朵野花，
將無限存在你的掌上，
剎那間涵有無窮的邊涯。

這類神秘性的感覺，當然不是普遍的經驗，也不是常有的經驗。凡事只講實際的人，當然嘲諷神秘主義，當然不能相信科學可解釋的神經作用，會發生科學所不能解釋的神秘感覺。但世上「可爲知者道不可與不知者言」的情事正多著哩！

從前在十六世紀，有一次有一個義大利的牧師學者到英國鄉下去，見了一大片盛開的苜蓿（Clover）在陽光中竟似一湖歡舞的黃金，他只驚喜得手足無措，慌忙跪在地上，仰天禱告，感謝上帝的恩典，使他得見這樣的美，這樣的神景。他這樣發瘋似的舉動，當時一定招起在旁鄉下人的嘩笑。我這篇裏要講的經歷，恐怕也有些那牧師狂喜的瘋態，但我也深信讀者裏自有同情的人，所以我也不怕遭鄉下人的笑話！

去年七月中有一天晚上，天雨地濕，我獨自冒著雨在倫敦的海姆司堆特（Hampstead）問路警問行人，在尋彭德街第十號的屋子。那就是我初次，不幸也是末次，會見曼殊斐爾——「那二十分不死的時間！」——的一晚。

我先認識麥雷君（John Middleton Murry），Athenaeum②的總主筆，詩人，著名的評衡家，也是曼殊斐爾一生最後十餘年間最密切的伴侶。

他和她自一九一三年起，即夫婦相處，但曼殊斐爾卻始終用她到英國以後的「筆名」Miss Katherine Mansfield。她生長於紐新蘭（New Zealand），原名是Kathleen Beanchamp，是紐新蘭銀行經理Sir Harold Beanchamp的女兒。她十五年前離開了本鄉，同著她三個小妹子到英國，進倫敦大學院讀書，她從小即以美慧著名，但身體也從小即很怯弱。她曾在德國住過，那時她寫她的第一本小說「In a German Pension」。大戰期內她在法國的時候多，近幾年她也常在瑞士、義大利及法國南部。她所以常在外國，就爲她身體太弱，禁不得英倫的霧迷雨苦的天時，麥雷爲了伴她，也只得把一部分的事業放棄（Athenaeum之所以併入London Nation③就為此），跟著他安琪兒似的愛妻，尋求健康。據說可憐的曼殊斐爾戰後得了肺病證明以後，醫生明說她不過三兩年的壽限，所以麥雷和她相處有限的光

陰，真是分秒可數，多見一次夕照，多經一度朝旭，她優曇似的餘榮，便也消滅了如許的活力，這頗使想起茶花女一面吐血一面縱酒恣歡時的名句：

「You know I have not long to live, therefore I will live fast!——「你知道我是活不久長的，所以我存心活他一個痛快！」

我正不知道多情的麥雷，對著這豔麗無雙的夕陽，漸漸消翳，心裏「愛莫能助」的悲感，濃烈到何等田地！

但曼殊斐爾的「活他一個痛快」的方法，卻不是像茶花女的縱酒恣歡，而是在文藝中努力；她像夏夜榆林中的鵑鳥，嘔出縷縷的心血來製成無雙的情曲，便唱到血枯音嘶，也還不忘她的責任是犧牲自己有限的精力，替自然界多增幾分的美，給苦悶的人間幾分藝術化精神的安慰。

她心血所凝成的便是兩本小說集，一本是「Bliss」④，一本是去年出版的「Garden Party」⑤。憑這兩部書裏的二三十篇小說，她已經在英國的文學界裏占了一個很穩固的位置，一般的小說只是小說，她的小說卻是純粹的文學，真的藝術；平常的作者只求暫時的流行，博群眾的歡迎，她卻只想留下幾小塊「時灰」掩不暗的真晶，只要得少數知音者的讚賞。

但唯其是純粹的文學，她的著作的光彩是深蘊於內而不是顯露於外者，其趣味也須讀者用心咀嚼，方能充分的理會。我承作者當面許可選譯她的精品，如今她已去世，我更應珍重實行我翻譯的特權，雖則我頗懷疑我自己的勝任。我的好友陳通伯⑥他所知道的歐洲文學恐怕在北京比誰都更淵博些，他在北大教短篇小說，曾經講過曼殊斐爾的，很使我歡喜。他現在答應也來選譯幾篇，我更要感謝他了。關於她短篇藝術的長處，我也希望通伯能有機會說一說。

現在讓我講那晚怎樣的會晤曼殊斐爾。早幾天我和麥雷在Charing Cross⑦背後一家嘈雜的A.B.C.茶店裏，討論英法文壇的狀況。我乘便說起近幾年中國文藝復興的趨向，在小說裏感受俄國作者的影響最深，他喜的幾於跳了起來，因爲他們夫妻最崇拜俄國的幾位大家，他曾經特別研究過道施滔庵符斯基著有一本「Dostoyevsky: A Critical Study Martin Secker」⑧，曼殊斐爾又是私淑契高夫（Chekhov）的，他們常在抱憾俄國文學始終不曾受英國人相當的注意，因之小說的質與式，還脫不盡維多利亞時期的Philistinism⑨。我又乘便問起曼殊斐爾的近況，他說她這一時身體頗過得去，所以此次敢伴著她回倫敦住兩星期，他就給了我他們的住址，請我星期四晚上去會她和他們的朋友。

所以我會見曼殊斐爾，真算是湊巧的湊巧，星期三那天我到惠爾斯（H.G.Wells）鄉裡的家去了（Easten Clebe），下一天和他的夫人一同回倫敦，那天雨下得很大，我記得回寓時渾身都淋濕了。

他們在彭德街的寓處，很不容易找（倫敦尋地方總是麻煩的，我恨極了那個迴街曲巷的倫敦。）。後來居然尋著了，一家小小一樓一底的屋子，麥雷出來替我開門，我頗狼狽的拿著雨傘，還拿著一個朋友還我的幾卷中國字畫。進了門，我脫了雨具，他讓我進右首一間屋子，我到那時爲止對於曼殊斐爾只是對一個有名的年輕女作家的景仰與期望；至於她的「仙姿靈態」我那時絕對沒有想到，我以爲她只是與Rose Macaulay⑩，Virginia Woolf⑪，Roma Wilson⑫，Mrs.Lueas⑬，Vanessa Bell

⑭幾位女文學家的同流人物。平常男子文學家與美術家已經盡夠怪僻，近代女子文學家更似乎故意養成怪僻的習慣，最顯著的一個通習是裝飾之務淡樸，務不入時，務「背女性」；頭髮是剪了的，又不好好的收拾，一團和糟的散在肩上；襪子永遠是粗紗的；鞋上不是沾有泥就有灰，並且大都是最難看的樣式；裙子不是異樣的短就是過分的長，眉目間也許有一兩圈「天才的黃暈」，或是帶著最可厭的美國式龜殼大眼鏡，但他們的臉上卻從不見脂粉的痕跡，手上裝飾亦是永遠沒有的，至多無非是多燒了香煙的焦痕；嘩笑的聲音十次裏有九次半蓋過同座的男子；走起路來也是挺胸凸肚的，再也辨不出是夏娃的後身；開起口來大半是男子不敢出口的話；當然最喜歡討論的是Freudian Complex⑮，Birth Control⑯或是George Moore⑰與James Joyce⑱私人印行的新書，例如「A Story-teller's Holiday」⑲與「Ulysses」⑳。

總之她們的全人格只是婦女解放的一幅諷刺畫。（Amy Lowell㉑聽說整天的抽大雪茄！）和這一班立意反對上帝造人的本意的「唯智的」女子在一起，當然也有許多有趣味的地方，但有時總不免感覺她們矯揉造作的痕跡過深，引起一種性的憎忌。

我當時未見曼殊斐爾以前，固然並沒有預想她是這樣一流的Futuristic㉒，但也絕對沒有夢想到她是女性的理想化。

所以我推進那房門的時候，我就盼望她——一個將近中年和藹的婦人——笑盈盈的從壁爐前沙發上站起來和我握手問安。

但房裏——一間狹長的壁爐對門的房——只見鵝黃色恬靜的燈光，壁上爐架上雜色的美術的陳設和畫件，幾張有彩色畫套的沙發圍列在爐前，卻沒有一半個人影。

麥雷讓我一張椅上坐了，伴著我談天，談的是東方的觀音和耶教的聖母，希臘的Virgin Diana㉓，埃及的Isis㉔，波斯的Mithraism㉕裏的Virgin㉖等等之相彷彿，似乎處女的聖母是所有宗教裏一個不可少的象徵……我們正講著，只聽得門上一聲剝啄，接著進來了一位年輕女郎，含笑著站在門口。「難道她就是曼殊斐爾——這樣的年輕……」我心裏在疑惑。她一頭的褐色捲髮，蓋著一張小圓臉，眼極活潑，口也很靈動，配著一身極鮮豔的衣裳——漆鞋，綠絲長襪，銀紅綢的上衣，紫醬的絲絨圍裙——亭亭的立著，像一顆臨風的鬱金香。

麥雷起來替我介紹，我才知道她不是曼殊斐爾，而是屋主人，不知是密司Beir，還是Beek㉗我記不清了，麥雷是暫寓在她家的；她是個畫家，壁掛的畫，大都是她自己的作品。她在我對面的椅上坐了。她從爐架上取下一個小發電機似的東西拿在手裏，頭上又戴了一個接電話生戴的聽箍，向我湊得很近的說話，我先還當是無線電的玩具，隨後方知這位秀美的女郎，聽覺和我自己的視覺彷彿，要借人爲方法來補充先天的不足。（**我那時就想起聾美人是個好詩題，對她私語的風情是不可能的了！**）

她正坐定，外面的門鈴大響——我疑心她的門鈴是特別響些，來的是我在法蘭㉘先生（Roger Fry）家裏會過的Sydney Waterloo，極詼諧的一位先生，有一次他從他巨大的袋裏一連摸出了七八枝的

煙斗，大的小的長的短的各種顏色的，叫我們好笑。他進來就問麥雷，迦賽林㉙（Katherine）今天怎樣。我豎起了耳朵聽他的回答，麥雷說「她今天不下樓了，天太壞，誰都不受用……」華德魯就問他可否上樓去看他，麥說可以的，華又問了密司B的允許站了起來，他正要走出門，麥雷又趕過去輕輕的說「Sydney,don't talk too much！」

樓上微微聽得出步響，W已在迦賽林房中了。一面又來了兩個客，一個短的M才從希臘回來，一個軒昂的美丈夫，就是London Nation and Athenaeum裏每週做科學文章署名S的Sullivan，M就講他遊希臘的情形盡背著古希臘的史蹟名勝，Parnassus㉚長Mycenae㉛短講個不住。S也問麥雷迦賽林如何，麥說今晚不下樓，W現在樓上。過了半點鐘模樣，W笨重的足音下來了，S就問他迦賽林倦了沒有，W說「不，不像倦，可是我也說不上，我怕她累，所以我下來了。」

再等一歇，S也問了麥雷的允許上樓去，麥也照樣的叮囑他不要讓她乏了。麥問我中國的書畫，我乘便就拿那晚帶去的一幅趙之謙的「草書法畫梅」，一幅王覺斯的草書，一幅梁山舟的行書，打開給他們看，講了些書法大意，密司B聽得高興，手捧著她的聽盤，挨近我身旁坐著。

但我那時心裏卻頗有些失望，因為冒著雨存心要來一會Bliss的作者，偏偏她又不下樓；同時W．S．麥雷的烘雲托月，又增加了我對她的好奇心。我想運氣不好，迦賽林在樓上，老朋友還有進房去談的特權，我外國人的生客，一定是沒有份的了。時已十時過半了，我只得起身告別，走出房門，麥雷陪出來幫我穿雨衣。我一面穿衣，一面說我很抱歉，今晚密司曼殊斐爾不能下來，否則我是很想望會她一面的。不意麥雷卻很誠懇的說「如其你不介意，不妨請上樓去一見。」我聽了這話喜出望外，立即將雨衣脫下，跟著麥雷一步一步的走上樓梯……

上了樓梯，叩門，進房，介紹，S告辭，和M一同出房，關門，她請我坐了，我坐下，她也坐下……這麼一大串繁複的手續，我只覺得是像電火似的一扯過，其實我只推想應有這麼些邏輯的經過，卻並不曾親切的感到；當時只覺得一陣模糊，事後每次回想也只覺得是一陣模糊，我們平常從黑暗的街裏走進一間燈燭輝煌的屋子，或是從光薄的屋子裏出來驟然對著盛烈的陽光，往往覺得耀光太強，頭暈目眩的，要定一定神，方能辨認眼前的事物。用英文說就是Senses overwhelmed by excessive light，不僅是光，濃烈的顏色有時也有「潮沒」官覺的效能。我想我那時，雖不定是被曼殊斐爾人格的烈光所潮沒，她房裏的燈光陳設以及她自身衣飾種種各品濃豔燦爛的顏色，已夠使我不預防的神經，感覺剎那間的淆惑，那是很可理解的。

她的房給我的印象並不清切，因爲她和我談話時不容我分心去認記房中的佈置，我只知道房是很小，一張大床差不多就占了全房大部分的地位，壁是用畫紙裱的，掛著好幾幅油畫，大概也是主人畫的，她和我同坐在床左貼壁一張沙發榻上。因爲我斜倚她正坐的緣故，她似乎比我高得多，（在她面前哪一個不是低的，真的！）我疑心那兩盞電燈是用紅色罩的，否則何以我想起那房，便聯想起「紅燭高燒」的景象?!但背景究屬不甚重要，重要的是給我最純粹的美感的——The purest aesthetic feeling——她；是使我使用上帝給我那把進天堂的秘鑰的——她；是使我靈魂的內府裏又增加

了一部寶藏的——她。但要用不馴服的文字來描寫那晚的她，不要說顯示她人格的精華，就是單只忠實地表現我當時的單純感象，恐怕就夠難的一個題目。從前有一個人一次做夢，進天堂去玩了，他異樣的歡喜，明天一起身就到他朋友那裏去，想描摹他神妙不過的夢境。但是，他站在朋友面前，結住舌頭，一個字都說不出來，因為他要說的時候，才覺得他所學的人間適用的字句，絕對不能表現他夢裏所見天堂的景色，他氣得從此不開口，後來就抑鬱而死。我此時妄想用字來活現出一個曼殊斐爾，也差不多有同樣的感覺，但我卻寧可冒猥瀆神靈的罪，免得像那位誠實君子活活的悶死。她的打扮與她的朋友B女士很像：也是鑠亮的漆皮鞋，閃色的綠絲襪，棗紅絲絨的圍裙，嫩黃薄綢的上衣，領口是尖開的，胸前掛著一串細珍珠，袖口只齊及肘彎。她的髮是黑的，也同密司B一樣剪短的，但她櫛髮的樣式，卻是我在歐美從沒有見過的。我疑心她有心仿效中國式，因為她的髮不但純黑而且直而不捲，整整齊齊的一圈，前面像我們十餘年前的「劉海」梳得光滑異常，我雖則說不出所以然，但覺得她髮之美也是生平所僅見。

至於她眉目口鼻之清之秀之明淨，我其實不能傳神於萬一，彷彿你對著自然界的傑作，不論是秋月洗淨的湖山，霞彩紛披的夕照，南洋裏瑩澈的星空，或是藝術界的傑作，培德花芬的沁芳南㉜，懷格納㉝的奧配拉㉞，密克朗其羅的雕像，衛師德拉㉟（Whistler）或是柯羅㊱（Corot）的畫；你只覺得他們整體的美，純粹的美，完全的美，不能分析的美，可感不可說的美；你彷彿直接無礙的領會了造作最高明的意志，你在最偉大深刻的戟刺中經驗了無限的歡喜，在更大的人格中解化了你的性靈。我看了曼殊斐爾像印度最純澈的碧玉似的容貌，受著她充滿了靈魂的電流的凝視，感著她最和軟的春風似的神態，所得的總量我只能稱之為一整個的美感。她彷彿是個透明體，你只感訝她粹極的靈澈性，卻看不見一些雜質。就是她一身的豔服，如其別人穿著，也許會引起瑣碎的批評，但在她身上，你只是覺得妥貼，像牡丹的綠葉，只是不可少的襯托，湯林生（H.M.Tomlingson），她生前的一個好友，以阿爾帕斯山嶺萬古不融的雪，來比擬她清極超俗的美，我以為很有意味的；他說：

> 曼殊斐爾以美稱，然美固未足以狀其真，世以可人為美，曼殊斐爾固可人矣，然何其脫盡塵寰氣，一若高山瓊雪，清澈重霄，其美可驚，而其涼亦可感。豔陽被雪，幻成異彩，亦明明可識，然亦似神境在遠，不隸人間。曼殊斐爾肌膚明皙如純牙，其官之秀，其目之黑，其頰之腴，其約髮環整如髹，其神態之閒靜，有華族粲者之明粹，而無西豔伉傑之容。其軀體尤苗約，綽如也，若明蠟之靜焰，若晨星之淡妙，就語者未嘗不自訝其吐息之重濁，而慮是靜且澹者之且神化……

湯林生又說她銳敏的目光，似乎直接透入你靈府深處，將你所蘊藏的秘密一齊照徹，所以他說她有鬼氣，有仙氣；她對著你看，不是見你的面之表，而是見你心之底，但她卻不是偵刺你的內蘊，不是有目的的搜羅，而只是同情的體貼。你在她面前，自然會感覺對她無慎密的必要；你不說

她也有數，你說了她也不會驚訝。她不會責備，她不會慫恿，她不會獎讚，她不會代你出什麼物質利益的主意，她只是默默的聽，聽完了然後對你講她自己超於美惡的見解——真理。

這一段從長期交誼中出來深入的話，我與她僅一二十分鐘的接近當然不會體會到，但我敢說從她神靈的目光裏推測起來，這幾句話不但是可能，而且是極近情的。

所以我那晚和她同坐在藍絲絨的榻上，幽靜的燈光，輕籠住她美妙的全體，我像受了催眠似的，只是癡對她神靈的妙眼，一任她利劍似的光波，妙樂似的音浪，狂潮驟雨似的向我靈府潑淹。我那時即使有自覺的感覺，也只似開茨（Keats）㊲聽鵑啼時的：

My heart aches, and a drowsy numbness pains
My sense, as though of hemlock I had drunk
……
「Tis not through envy of thy happy lot,
But being too happy in thy happiness,——㊳

曼殊斐爾音聲之美，又是一個Miracle。一個個音符從她脆弱的聲帶裏顫動出來，都在我習於塵俗的耳中，啓示著一種神奇的意境。彷彿蔚藍的天空中一顆一顆的明星先後湧現。像聽音樂似的，雖則明明你一生從不曾聽過，但你總覺得好像曾經聞到過的，也許在夢裏，也許在前生。她的，不僅引起你聽覺的美感，而竟似直達你的心靈底裏，撫摩你蘊而不宣的苦痛，溫和你半冷半僵的希望，洗滌你窒礙性靈的俗累，增加你精神快樂的情調；彷彿湊住你靈魂的耳畔私語你平日所冥想不得的仙界消息。我便此時回想，還不禁內動感激的悲慨，幾於零淚；她是去了，她的音聲笑貌也似蜃彩似的一翳不再，我只能學Abt Vogler㊴之自慰，虔信：

Whose voice has gone forth, but each survives for the melodies when eternity affirms the conception of an hour.

……

Enough that he heard it once, we shall hear it by and by.㊵

曼殊斐爾，我前面說過，是病肺瘵的，我見她時，正離她死不過半年，她那晚說話時，聲音稍高，肺管中便如吹荻管似的呼呼作響。她每句語尾收頓時，總有些氣促，顴頰間便也多添一層紅潤，我當時聽出了她肺弱的音息，便覺得切心的難過，而同時她天才的興奮，偏是逼迫她音度的提高，音愈高，肺嘶亦更歷歷，胸間的起伏亦隱約可辨，可憐！我無奈何，只得將自己的聲音特別的放低，希冀她也跟著放低些。果然很靈效，她也放低了不少，但不久她又似內感思想的戟刺，重復

節節的高引。最後我再也不忍因我而多耗她珍貴的精力，並且也記得麥雷再三叮囑W與S的話，就辭了出來。總計我自進房至出房——她站在房門口送我——不過二十分的時間。

我與她所講的話也很有意味，但大部分是她對於英國當時最風行的幾個小說家的批評——例如Riberea West㊶，Romer Wilson㊷，Hutchingson㊸，Swinnerton㊹等——恐怕因爲一般人不稔悉，那類簡約的評語不能引起相當的興味。麥雷自己是現在英國中年的評衡家最有學有識之一人——他去年在牛津大學講的「The Problem of Style」㊺，有人譽爲安諾德㊻（Matthew Arnold）以後評衡界裏最重要的一部貢獻——而他總常常推尊曼殊斐爾，說她是評衡的天才，有言必中肯的本能，所以我此刻要把她那晚簡評的珠沫，略過不講，很覺得有些可惜。她說她方才從瑞士回來，在那邊和羅素夫婦的寓處相距頗近，常常談起東方的好處，所以她原來對中國的景仰，更一進而爲愛慕的熱忱。她說她最愛讀Arthur Waley㊼所翻的中國詩，她說那樣的詩藝在西方真是一個Wonderful Revelation㊽。她說新近Amy Lowell譯的很使她失望，她這裏又用她愛用的短句——「That's not thething!」㊾她問我譯過沒有，她再三勸我應當試試，她以爲中國詩只有中國人能譯得好的。

她又問我是否也是寫小說的，她又問中國頂喜歡契高夫的哪幾篇，譯得怎麼樣，此外誰最有影響。

她問我最喜讀那幾家小說，哈代、康拉德，她的眉梢聳了一聳笑道：

「Isn't it! We have to go back to the old masters for good literature——the real thing!」㊿

她問我回中國去打算怎麼樣，她希望我不進政治，她憤憤地說現代政治的世界，不論哪一國，只是一亂堆的殘暴和罪惡。

後來說起她自己的著作。我說她的太是純粹的藝術，恐怕一般人反而不認識，她說：

「That's just it, Then of course, popularity is never the thing for us.」[51]

我說我以後也許有機會試翻她的小說，願意先得作者本人的許可。她很高興的說她當然願意，就怕她的著作不值得翻譯的勞力。

她盼望我早日回歐洲，將來如到瑞士再去找她，她說怎樣的愛瑞士風景，琴妮湖怎樣的嫵媚，我那時就彷彿在湖心柔波間與她蕩舟玩景：

Clear, placid Leman!
……Thy soft murmuring
Sounds sweet as if a sister's voice reproved.
That I with stem delights should ever have
been so moved……[52]

我當時就滿口的答應，說將來回歐一定到瑞士去訪她。末了我說恐怕她已經倦了，深恨與她相見之晚，但盼望將來還有再見的機會，她送我到房門口，與我很誠摯地握別。

將近一月前，我得到消息說曼殊斐爾已經在法國的芳丹卜羅去世，這一篇文字，我早已想寫出來，但始終為筆懶，延到如今，豈知如今卻變了她的祭文！下面附的一首詩也許表現我的悲感更親切些。

哀曼殊斐爾

我昨夜夢入幽谷，
聽子規在百合叢中泣血，
我昨夜夢登高峰，
見一顆光明淚自天墜落。

羅馬西郊有座墓園，
芝羅蘭靜掩著客殤的詩骸；
百年後海岱士（Hades）黑輦之輪。

又喧響於芳丹卜羅榆青之間。

說宇宙是無情的機械，
為甚明燈似的理想閃耀在前；
說造化是真善美之創現，
為甚五彩虹不常住天邊？

我與你雖僅一度相見——
但那二十分不死的時間！
誰能信你那仙姿靈態，
竟已朝露似的永別人間？

非也！生命只是個實體的幻夢；
美麗的靈魂，永承上帝的愛寵；
三十年小住，只似曇花之偶現，
淚花裏我想見你笑歸仙宮。

你記否倫敦約言，曼殊斐爾！
今夏再見於琴妮湖之邊；
琴妮湖永抱著白朗磯的雪影，
此日我悵望雲天，淚下點點！

我當年初臨生命的消息，
夢覺似的驟感戀愛之莊嚴；
生命的覺悟是愛之成年，
我今又因死而感生與戀之涯沿！

同情是摜不破的純晶，
愛是實現生命之唯一途徑：
死是座偉秘的洪爐，此中
凝煉萬象所從來之神明。

我哀思焉能電花似的飛騁，
感動你在天日遙遠的靈魂？
我灑淚向風中遙送，
問何時能戡破生死之門？

注釋

①這首詩譯述如下：「啊，人性，如果你是絕對脆弱和邪惡，／如果你是塵埃和灰燼，／你的情感何以如此高尚？／如果你多少稱得上崇高，／你高尚的衝動和思想何以如此卑微而轉瞬即逝？」

②即《雅典娜神廟》雜誌，創刊於一九二八年，十九世紀一直是英國頗有權威的文藝刊物。

③即倫敦的《國民》雜誌。

④即《幸福》。

⑤即《園會》。

⑥陳伯通，即陳源（西瀅）。

⑦譯作查玲十字架路。這是倫敦一個街區的名稱，英王愛德華一世曾在此建立一個大十字架以紀念他的王后。

⑧這本書名直譯為：《馬丁·塞克批評研究》。

⑨即庸俗主義。

⑩通譯羅斯・麥考利（1881-1958），英國女作家，著有《愚者之言》、《他們被擊敗了》等。

⑪通譯維吉尼亞・伍爾芙（1882-1941），英國女作家，著有《海浪》、《到燈塔去》等。她是「意識流」小說的早期探索者之一。

⑫通譯羅默・威爾遜（1891-1930），英國女作家。其文學生涯雖短暫，卻卓有成就，著有長篇小說《現代交響樂》等。

⑬Mrs.Lueas，未詳。

⑭通譯凡尼莎・貝爾（1879-1961），英國女作家。她是維吉尼亞・伍爾芙的姐姐，著名藝術理論家克萊夫・貝爾的妻子。他們同屬於「布盧姆斯伯里」藝術圈子。

⑮直譯為「佛洛德情結」，但這個說法顯然有誤，應為「俄狄浦斯情結」。

⑯即「人口控制」。

⑰通譯喬治・莫爾（1852-1933），愛爾蘭作家。

⑱通譯詹姆斯・喬伊絲（1882-1941），愛爾蘭作家，現代主義文學奠基人之一。

⑲直譯為《一位故事大師的假日》，但詹姆斯・喬伊絲並沒有這樣一部著作，疑為他的長篇小說《一個青年藝術家的畫像》之誤。

⑳即《尤利西斯》，詹姆斯・喬伊絲最重要的一部小說。

㉑通譯埃米・洛威爾（1874-1925），美國女作家，意象派詩歌的代表人物之一。

㉒即「未來派」、「未來主義」或「未來派作家」，但這裏是形容詞，似可按現今文壇上一個流行字眼「前衛」理解。

㉓即聖女戴安娜。

㉔即埃及女神伊希斯。

㉕即密特拉教。

㉖即聖女。

㉗貝爾小姐或貝克小姐，即後文中的「密司B」。

㉘通譯羅傑・弗賴（1866-1934），英國畫家、藝術評論家。

㉙通譯凱薩琳，即曼斯費爾德的名。

㉚帕那薩斯，希臘南部的一座山，古時被當作太陽神和文藝女神們的靈地。

㉛邁錫尼，古希臘城，被認為是希臘大陸青銅晚期的遺址。

㉜即貝多芬（1770-1827）的交響樂。

㉝通譯華格納（1813-1883），德國作曲家。

㉞即歌劇一詞opera的音譯。

㉟通譯惠斯勒（1834-1903），美國畫家，長期僑居英國。

㊱柯羅（1796-1875），法國畫家。

㊲通譯濟慈（1795-1821），英國詩人。

㊳大意為：「我的心在悸痛，／瞌睡與麻木折磨著我的感官／就像我已吞下了毒芹／……／不是因為嫉妒你的幸運／而是在你的快樂中得到了太多的歡愉。」

㊴通譯阿布特・沃格勒（1749-1814），法國作曲家。

㊵意為：「她的聲音已經遠去，但我們人人都為了這悅耳的聲音而活著，當永恆證明了時間的存在……這聲音他聽到過一次就足夠了；我們不久還將聽到。」

㊶通譯呂貝亞・威斯特（1892-?），英國女小說家，批評家、記者。原名塞西利・伊莎貝爾・費爾菲爾德。

㊷通譯羅默・威爾遜（1891-1930），英國女小說家。

㊸通譯哈金森（1907-），英國小說家。

㊹通譯斯溫納頓（1884-?），英國小說家、文學批評家。

㊺風格問題。

㊻通譯阿諾德（1822-1888），英國詩人、文藝批評家，曾任牛津大學教授。

㊼通譯亞瑟・韋利（1889-1966），英國漢學家、漢語和日語翻譯家。

㊽「極妙的啟示錄」。

㊾「那算什麼東西！」

㊿意思是：「不是嗎，我們不得不到過去的文學名著中去尋找優秀的文學，真正的東西（藝術）！」

51意為：「是啊。當然，大眾性不是我們所追求的。」

52這裏引的是拜倫（Lord Byron）的詩句，大意是：「清澈、平靜的萊蒙湖（日內瓦湖）！／……你輕柔的低語／有如一位女子甜蜜的嗓音／這快樂定然使我永遠激動不已。」

泰戈爾

我有幾句話想趁這個機會對諸君講，不知道你們有沒有耐心聽。泰戈爾先生快走了，在幾天內他就離別北京，在一兩個星期內他就告辭中國。他這一去大約是不會再來的了。也許他永遠不能再到中國。

他是六七十歲的老人，他非但身體不強健，他並且是有病的。所以他要到中國來，不但他的家屬，他的親戚朋友，他的醫生，都不願意他冒險，就是他歐洲的朋友，比如法國的羅曼羅蘭，也都有信去勸阻他。他自己也曾經躊躇了好久，他心裏常常盤算他如其到中國來，他究竟能不能夠給我們好處，他想中國人自有他們的詩人、思想家、教育家，他們有他們的智慧、天才、心智的財富與營養，他們更用不著外來的補助與戟刺，我只是一個詩人，我沒有宗教家的福音，沒有哲學家的理論，更沒有科學家實利的效用，或是工程師建設的才能，他們要我去做什麼，我自己又爲什麼要去，我有什麼禮物帶去滿足他們的盼望。他真的很覺得遲疑，所以他延遲了他的行期。但是他也對我們說到冬天完了春風吹動的時候（印度的春風比我們的吹得早），他不由的感覺了一種內迫的衝動，他面對著逐漸滋長的青草與鮮花，不由的拋棄了，忘卻了他應盡的職務，不由的解放了他的歌唱的本能，和著新來的鳴雀，在柔軟的南風中開懷的謳吟。同時他收到我們催請的信，我們青年盼望他的誠意與熱心，喚起了老人的勇氣。他立即定奪了他東來的決心。他說趁我暮年的肢體不曾僵透，趁我衰老的心靈還能感受，決不可錯過這最後唯一的機會，這博大、從容、禮讓的民族，我幼年時便發心朝拜，與其將來在黃昏寂靜的境界中萎衰的惆悵，毋寧利用這夕陽未暝時的光芒，了卻我晉香人的心願？

他所以決意的東來，他不顧親友的勸阻，醫生的警告，不顧自身的高年與病體，他也撇開了在本國一切的任務，跋涉了萬里的海程，他來到了中國。

自從四月十二在上海登岸以來，可憐老人不曾有過一半天完整的休息，旅行的勞頓不必說，單就公開的演講以及較小集會時的談話，至少也有了三四十次！他的，我們知道，不是教授們的講義，不是教士們的講道，他的心府不是堆積貨品的棧房，他的辭令不是教科書的喇叭。他是靈活的泉水，一顆顆顫動的圓珠從他心裏兢兢的泛登水面都是生命的精液；他是瀑布的吼聲，在白雲間，青林中，石罅裏，不住的歡響；他是百靈的歌聲，他的歡欣、憤慨、響亮的諧音，瀰漫在無際的晴空。但是他是倦了。終夜的狂歌已經耗盡了子規的精力，東方的曙色亦照出他點點的心血，染紅了薔薇枝上的白露。

老人是疲乏了。這幾天他睡眠也不得安寧，他已經透支了他有限的精力。他差不多是靠散拿吐瑾①過日的。他不由的不感覺風塵的厭倦，他時常想念他少年時在恆河邊沿拍浮的清福，他想望椰樹的清蔭與曼果的甜瓤。

但他還不僅是身體的憊勞，他也感覺心境的不舒暢。這是很不幸的。我們做主人的只是深深的

負歉。他這次來華，不為遊歷，不為政治，更不為私人的利益，他熬著高年，冒著病體，拋棄自身的事業，備嘗行旅的辛苦，他究竟為的是什麼？他為的只是一點看不見的情感，說遠一點，他的使命是在修補中國與印度兩民族間中斷千餘年的橋樑。說近一點，他只想感召我們青年真摯的同情。因為他是信仰生命的，他是尊崇青年的，他是歌頌青春與清晨的，他永遠指點著前途的光明。悲憫是當初釋迦牟尼證果的動機，悲憫也是泰戈爾先生不辭艱苦的動機。現代的文明只是駭人的浪費，貪淫與殘暴，自私與自大，相猜與相忌，颺風似的傾覆了人道的平衡，產生了巨大的毀滅。蕪穢的心田裏只是誤解的蔓草，毒害同情的種子，更沒有收成的希冀。在這個荒慘的境地裏，難得有少數的丈夫，不怕阻難，不自餒怯，肩上抗著剷除誤解的大鋤，口袋裏滿裝著新鮮人道的種子，不問天時是陰是雨是晴，不問是早晨是黃昏是黑夜，他只是努力的工作，清理一方泥土，施殖一方生命，同時口唱著嘹亮的新歌，鼓舞在黑暗中將次透露的萌芽。泰戈爾先生就是這少數中的一個。他是來廣布同情的，他是來消除成見的。我們親眼見過他慈祥的陽春似的表情，親耳聽過他從心靈底裏迸裂出的大聲，我想只要我們的良心不曾受惡毒的煙煤熏黑，或是被惡濁的偏見汙抹，誰不曾感覺他至誠的力量，魔術似的，為我們生命的前途開闢了一個神奇的境界，燃點了理想的光明？所以我們也懂得他的深刻的懊悵與失望，如其他知道部分的青年不但不能容納他的靈感，並且存心的誣毀他的熱忱。我們固然獎勵思想的獨立，但我們決不敢附和誤解的自由。他生平最滿意的成績就在他永遠能得青年的同情，不論在德國，在丹麥，在美國，在日本，青年永遠是他最忠心的朋友。他也曾經遭受種種的誤解與攻擊，政府的猜疑與報紙的誣捏與守舊派的譏評，不論如何的謬妄與劇烈，從不會擾動他優容的大量，他的希望，他的信仰，他的愛心，他的至誠，完全的託付青年。我的鬚，我的髮是白的，但我的心卻永遠是青的，他常常的對我們說，只要青年是我的知己，我理想的將來就有著落，我樂觀的明燈永遠不致黯淡。他不能相信純潔的青年也會墜落在懷疑、猜忌、卑瑣的泥溷，他更不能信中國的青年也會沾染不幸的污點。他真不預備在中國遭受意外的待遇。他很不自在，他很感覺異樣的愴心。

因此精神的懊喪更加重他軀體的倦勞。他差不多是病了。我們當然很焦急的期望他的健康，但他再沒有心境繼續他的講演。我們恐怕今天就是他在北京公開講演最後的一個機會。他有休養的必要。我們也決不忍再使他耗費有限的精力。他不久又有長途的跋涉，他不能不有三四天完全的養息。所以從今天起，所有已經約定的集會，公開與私人的，一概撤銷，他今天就出城去靜養。

我們關切他的一定可以原諒，就是一小部分不願意他來作客的諸君也可以自喜戰略的成功。他是病了，他在北京不再開口了，他快走了，他從此不再來了。但是同學們，我們也得平心的想想，老人到底有什麼罪，他有什麼負心，他有什麼不可容赦的犯案？公道是死了嗎？爲什麼聽不見你的聲音？

他們說他是守舊，說他是頑固。我們能相信嗎？他們說他是「太遲」，說他是「不合時宜」，我們能相信嗎？他自己是不能信，真的不能信。他說這一定是滑稽家的反調，他一生所遭逢的批評

只是太新，太早，太急進，太激烈，太革命的，太理想的，他六十年的生涯只是不斷的奮鬥與衝鋒，他現在還只是衝鋒與奮鬥。但是他們說他是守舊，太遲，太老。他頑固奮鬥的對象只是暴烈主義、資本主義、帝國主義、武力主義、殺滅性靈的物質主義；他主張的只是創造的生活，心靈的自由，國際的和平，教育的改造，普愛的實現。但他說他是帝國政策的間諜，資本主義的助力，亡國奴族的流民，提倡裹腳的狂人！骯髒是在我們的政客與暴徒的心裏，與我們的詩人又有什麼關係？昏亂是在我們冒名的學者與文人的腦裏，與我們的詩人又有什麼親屬？我們何妨說太陽是黑的，我們何妨說蒼蠅是真理？同學們，聽信我的話，像他的這樣偉大的聲音我們也許一輩子再不會聽著的了。留神目前的機會，預防將來的惆悵！他的人格我們只能到歷史上去搜尋比擬。他的博大的溫柔的靈魂我敢說永遠是人類記憶裏的一次靈跡。他的無邊的想像與遼闊的同情使我們想起惠德曼②；他的博愛的福音與宣傳的熱心使我們記起托爾斯泰；他的堅韌的意志與藝術的天才使我們想起造摩西③像的米佐郎其羅；他的詼諧與智慧使我們想像當年的蘇格拉底與老聃；他的人格的和諧與優美使我們想念暮年的葛德④；他的慈祥的純愛的撫摩，他的為人道不厭的努力，他的磅礴的大聲，有時竟使我們喚起救主的心像；他的光彩，他的音樂，他的雄偉，使我們想念奧林必克⑤山頂的大神。他是不可侵凌的，不可逾越的，他是自然界的一個神秘的現象。他是三春和暖的南風，驚醒樹枝上的新芽，增添處女頰上的紅暈。他是普照的陽光。他是一派浩瀚的大水，從來不可追尋的淵源，在大地的懷抱中終古的流著，不息的流著，我們只是兩岸的居民，憑著這慈恩的天賦，灌溉我們的田稻，蘇解我們的消渴，洗淨我們的污垢。他是喜馬拉雅積雪的山峰，一般的崇高，一般的純潔，一般的壯麗，一般的高傲，只有無限的青天枕藉他銀白的頭顱。

人格是一個不可錯誤的實在，荒歉是一件大事，但我們是餓慣了的，只認鳩形與鵠面是人生本來的面目，永遠忘卻了真健康的顏色與彩澤。標準的低降是一種可恥的墮落：我們只是踞坐在井底的青蛙，但我們更沒有懷疑的餘地。我們也許揣詳東方的初白，卻不能非議中天的太陽。我們也許見慣了陰霾的天時，不耐這熱烈的光焰，消散天空的雲霧，暴露地面的荒蕪，但同時在我們心靈的深處，我們豈不也感覺一個新鮮的影響，催促我們生命的跳動，喚醒潛在的想望，彷彿是武士望見了前峰烽煙的信號，更不躊躇的奮勇向前？只有接近了這樣超軼的純粹的丈夫，這樣不可錯誤的實在，我們方始相形的自愧我們的口不夠闊大，我們的嗓音不夠響亮，我們的呼吸不夠深長，我們的信仰不夠堅定，我們的理想不夠瑩澈，我們的自由不夠磅礴，我們的語言不夠明白，我們的情感不夠熱烈，我們的努力不夠勇猛，我們的資本不夠充實……

我自信我不是恣濫不切事理的崇拜，我如其曾經應用濃烈的文字，這是因爲我不能自制我濃烈的感想。但是我最急切要聲明的是，我們的詩人，雖則常常招受神秘的徽號，在事實上卻是最清明，最有趣，最詼諧，最不神秘的生靈。他是最通達人情，最近人情的。我盼望有機會追寫他日常的生活與談話。如其我是犯嫌疑的，如其我也是性近神秘的（有好多朋友這麼說），你們還有適之⑥先生的見證，他也說他是最可愛最可親的個人：我們可以相信適之先生絕對沒有「性近神秘」的嫌

疑！所以無論他怎樣的偉大與深厚，我們的詩人還只是有骨有血的人，不是野人，也不是天神。唯其是人，尤其是最富情感的人，所以他到處要求人道的溫暖與安慰，他尤其要我們中國青年的同情與情愛。他已經爲我們盡了責任，我們不應，更不忍辜負他的期望。同學們！愛你的愛，崇拜你的崇拜，是人情不是罪孽，是勇敢不是懦怯！

注釋

①散拿吐瑾，一種藥物。

②通譯惠特曼（1819-1892），美國詩人，著有《草葉集》等。

③摩西，《聖經》故事中古代猶太人的領袖。

④通譯歌德（1749-1832），德國詩人。

⑤通譯奧林匹斯，希臘東北部的一座高山，古代希臘人視為神山，希臘神話中的諸神都住在山頂。

⑥即胡適（1891-1962），當時是北京大學教授。

拜倫

蕩蕩萬斛船，影若揚白虹。
自非風動天，莫置大水中。
——杜甫

今天早上，我的書桌上散放著一壘書，我伸手提起一枝毛筆蘸飽了墨水正想下筆寫的時候，一個朋友走進屋子來，打斷了我的思路。「你想做什麼？」他說。「還債，」我說，「一輩子只是還不清的債，開銷了這一個，那一個又來，像長安街上要飯的一樣，你一開頭就糟。這一次是為他，」我手點著一本書裏Westall畫的拜倫像（原本現在倫敦肖像畫院）。「為誰，拜倫！」那位朋友的口音裏夾雜了一些鄙夷的鼻音。「不僅做文章，還想替他開會哪，」我跟著說。「哼，真有工夫，又是戴東原那一套。」——那位先生發議論了——「忙著替死鬼開會演說追悼，哼！我們自己的祖祖宗宗的生忌死忌，春祭秋祭，先就忙不開，還來管姓呆姓擺的出世去世；中國鬼也就夠受，還來張羅洋鬼！俄國共產黨的爸爸死了，北京也聽見悲聲，上海廣東也聽見哀聲；書呆子的退伍總統死了，又來一個同聲一哭。二百年前的戴東原還不是一個一頭黃毛一身奶臭一把鼻涕一把尿的娃娃，與我們什麼相干，又用得著我們的正顏厲色開大會做論文！現在真是愈出愈奇了，什麼，連拜倫也得利益均沾，又不是瘋了，你們無事忙的文學先生們！誰是拜倫？一個濫筆頭的詩人，一個宗教家說的罪人，一個花花公子，一個貴族。就使追悼會紀念會是現代的時髦，你也得想想受追悼的配不配，也得想想跟你們所謂時代精神合式不合式，拜倫是貴族，你們貴國是一等的民生共和國，哪裡有貴族的位置？拜倫又沒有發明什麼蘇維埃，又沒有做過世界和平的大夢，更沒有用科學方法整理過國故，他只是一個拐腿的紈袴詩人，一百年前也許出過他的風頭，現在埋在英國紐斯推德（Newtead）的貴首頭都早爛透了，爲他也來開紀念會，哼，他配！講到拜倫的詩你們也許與蘇和尙①的脾味合得上，看得出好處，這是你們的福氣——要我看他的詩也不見得比他的骨頭活得了多少。並且小心，拜倫倒是條好漢，他就恨盲目的崇拜，回頭你們東抄西剿的忙著做文章想是討好他，小心他的鬼魂到你夢裏來大聲的罵你一頓！」

那位先生大發牢騷的時候，我已經抽了半支的煙，眼看著繚繞的氳氤，耐心的挨他的罵，方才想好讚美拜倫的文章也早已變成了煙絲飛散：我呆呆的靠在椅背上出神了；——

拜倫是真死了不是？全朽了不是？真沒有價值，真不該替他揄揚傳佈不是？

眼前扯起了一重重的霧幔，灰色的、紫色的，最後呈現了一個驚人的造像。最純粹，光淨的白石雕成的一個人頭，供在一架五尺高的檀木几上，放射出異樣的光輝，像是阿博洛②，給人類光明的大神，凡人從沒有這樣莊嚴的「天庭」，這樣不可侵犯的眉宇，這樣的頭顱，但是不，不是阿博洛，他沒有那樣驕傲的鋒芒的大眼，像是阿爾帕斯山南的藍天，像是威尼市的落日，無限的高遠，

無比的壯麗，人間的萬花鏡的展覽反映在他的圓睛中，只是一層鄙夷的薄翳；阿博洛也沒有那樣美麗的髮鬈，像紫葡萄似的一穗穗貼在花崗石的牆邊；他也沒有那樣不可信的口唇，小愛神背上的小弓也比不上他的精緻，口角邊微露著厭世的表情，像是蛇身上的紋彩，你明知是惡毒的，但你不能否認他的豔麗；給我們弦琴與長笛的大神也沒有那樣圓整的鼻孔，使我們想像他的生命的劇烈與偉大，像是大火山的決口……

不，他不是神，他是凡人，比神更可怕更可愛的凡人，他生前在紅塵的狂濤中沐浴，洗滌他的遍體的斑點，最後他踏腳在浪花的頂尖，在陽光中呈露他的無瑕的肌膚，他的驕傲，他的力量，他的壯麗，是天上磋奕司③與玖必德④的憂愁。

他是一個美麗的惡魔，一個光榮的叛兒。

一片水晶似的柔波，像一面晶瑩的明鏡，照出白頭的「少女」，閃亮的「黃金篦」，「快樂的阿翁」。此地更沒有海潮的嘯響，只有草蟲的謳歌，醉人的樹色與花香，與溫柔的水聲，小妹子的私語似的，在湖邊吞咽。山上有急湍，有冰河，有幔天的松林，有奇偉的石景。瀑布像是瘋癲的戀人，在荊棘叢中跳躍，從巉岩上滾墜；在磊石間震碎，激起無量數的珠子，圓的、長的、乳白色的、透明的，陽光斜落在急流的中腰，幻成五彩的虹紋。這急湍的頂上是一座突出的危崖，像一個猛獸的頭顱，兩旁幽邃的松林，像是一頸的長鬣，一陣陣的瀑雷，像是他的吼聲。在這絕壁的邊沿站著一個丈夫，一個不凡的男子，怪石一般的崢嶸。朝旭一般的美麗，勁瀑似的桀驁，松林似的憂鬱。他站著，交抱著手臂，翻起一雙大眼，凝視著無極的青天，三個阿爾帕斯的鷲鷹在他的頭頂不息的盤旋；水聲，松濤的嗚咽，牧羊人的笛聲，前峰的崩雪聲——他凝神的聽著。

只要一滑足，只要一縱身，他想，這軀殼便崩雪似的墜入深潭，粉碎在美麗的水花中，這些大自然的諧音便是讚美他寂滅的喪鐘。他是一個驕子：人間踏爛的蹊徑不是爲他準備的，也不是人間的鐐鏈可以鎖住他的鷲鳥的翅羽。他曾經丈量過巴南蘇斯的群峰，曾經搏鬥過海理士彭德海峽的凶濤，曾經在馬拉松放歌，曾經在愛琴海邊狂嘯，曾經踐踏過滑鐵盧的泥土，這裏面埋著一個敗滅的帝國。他曾經實現過西撒凱旋時的光榮，丹桂籠住他的髮鬈，玫瑰承住他的腳蹤，但他也免不了他的滑鐵盧；運命是不可測的恐怖，征服的背後隱著僇辱的獰笑，御座的周遭顯現了猙犴的幻景；現在他的遍體的斑痕，都是誹毀的箭鏃，不更是繁花的裝綴，雖則在他的無瑕的體膚上一樣的不曾停留些微汙損。……太陽也有他的淹沒的時候，但是誰能忘記他臨照時的光焰？

What is life, what is death, and what are we.
That when the ship sinks, We no longer may be.⑤

蚪哪⑥（Juno）發怒了。天變了顏色，湖面也變了顏色。四周的山峰都披上了黑霧的袍服，吐出

迅捷的火舌，搖動著，彷彿是相互的示威，雷聲像猛獸似的在山坳裏咆哮、跳蕩，石卵似的雨塊，隨著風勢打擊著一湖的磷光，這時候（一八一六年，六月十五日）彷彿是愛儷兒⑦（Ariel）的精靈聳身在絞繞的雲中，默唪著咒語，眼看著——

Jove's lightnings, the precursors
O' the dreadful thunder-claps……
The fire, and cracks
Of sulphurous roaring, the most mighty
　　Neptune
Seem'd to besiehe, and make his bold waves tremble,
Yea his dreae tridents shade.

（Tem est）⑧

在這大風濤中，在湖的東岸，龍河（Rhone）合流的附近，在小嶼與白沫間，飄浮著一隻疲乏的小舟，扯爛的布帆，破碎的尾舵，沖當著巨浪的打擊，舟子只是著忙的禱告。乘客也失去了鎮定，都已脫卸了外衣，準備與濤瀾搏鬥。這正是盧騷的故鄉，那小舟的歷險處又恰巧是玖荔亞與聖潘羅

（Julia and St.Preux）遇難的名蹟。舟中人有一個美貌的少年是不會泅水的⑨，但他卻從不介意他自己的骸骨的安全，他那時滿心的憂慮，只怕是船翻時連累他的友人為他冒險，因為他的友人是最不怕險惡的，厄難只是他的雄心的激刺，他曾經狎侮愛琴海與地中海的怒濤，何況這有限的梨夢湖中的掀動，他交叉著手，靜看著薩福埃（Savoy）的雪峰，在雲罅裏隱現。這是歷史上一個稀有的奇逢，在近代革命精神的始祖神感的勝處，在天地震怒的俄頃，載在同一的舟中。一對共患難的，偉大的詩魂，一對美麗的惡魔，一對光榮的叛兒！

他站在梅鎖朗奇（Mesolongion）的灘邊（一八二四年，一月，四至二十二日）。海水在夕陽裏起伏，周遭靜瑟瑟的莫有人跡，只有連綿的砂磧，幾處卑陋的草屋，古廟宇殘圮的遺跡，三兩株灰蒼色的柱廊，天空飛舞著幾隻闊翅的海鷗，一片荒涼的暮景。他站在灘邊，默想古希臘的榮華，雅典的文章，斯巴達的雄武，晚霞的顏色二千年來不曾消滅，但自由的鬼魂究不曾在海砂上留存些微痕跡……他獨自的站著，默想他自己的身世，三十六年的光陰已在時間的灰燼中埋著，愛與憎，得志與屈辱：盛名與怨詛，志願與罪惡，故鄉與知友，威尼市的流水，羅馬古劇場的夜色，阿爾帕斯的白雪，大自然的美景與憤怒，反叛的磨折與尊榮，自由的實現與夢境的消殘……他看著海砂上映著的曼長的身形，涼風拂動著他的衣裾——寂寞的天地間的一個寂寞的伴侶——他的靈魂中不由的激起了一陣感慨的狂潮，他把手掌埋沒了頭面。此時日輪已經翳隱，天上星先後的顯現，在這美麗的暝色

中，流動著詩人的吟聲，像是松風，像是海濤，像是藍奧孔⑩苦痛的呼聲，像是海倫娜島上絕望的吁歡：——

Tis time this heart should be unmoved,
SInce others it hath ceased to move;
Yet, though I cannot be beloved,
StIll 1et me love!

My days are in the yellow leaf;
The flowers and fruits of love are gone;
The worm, The canker, and the grief;
Are mine alone!

The fire that on my bosom preys
Is lone as some volcanic isle;
No torch is kindled at its blaze—

A funeral pile!

The hope,the fear, the jealous care,
The exalted portion of the pain
And power of love, I cannot share,
But wear the chain.

But't is not thus—and'tis not here—
Such thoughts should shake my soul, nor now,
Where glory decks the hero's bier
Or binds his brow.

The sword, the banner, and the field,
Glory and Grace, around me see!

The Spartan, born upon his shield,

Was not more free.

Awake!（not Greece—she is awake!）
Awake, my spirit! Think through whom
The life—blood tracks its parent lake,
And then strike home!

Tread those reviving passions down;
Unworthy manhood! —unto thee
Indifferent should the smile or frown
Of beauty be.

If thou regret'st thy youth, why live;
The land of honorable death
Is here: —up to the field, and give
Away thy breath!

Seek out—less sought than found—
A dier's grave for thee the best;
Then look around, and choose thy ground,
And take thy rest.

年歲已經僵化我的柔心，
我再不能感召他人的同情；
但我雖則不敢想望戀與憫，
我不願無情！

往日已隨黃葉枯萎，飄零；
戀情的花與果更不留縱影，
只剩有腐土與蟲與愴心，
長伴前途的光陰！

燒不盡的烈焰在我的胸前，
孤獨的，像一個噴火的荒島；
更有誰憑弔，更有誰憐——
一堆殘骸的焚燒！

希冀，恐懼，靈魂的憂焦，
戀愛的靈感與苦痛與蜜甜，
我再不能嘗味，再不能自傲——
我投入了監牢！

但此地是古英雄的鄉國，
白雲中有不朽的靈光，
我不當怨艾，惆悵，為什麼
這無端的悽惶？

希臘與榮光，軍旗與劍器，

古戰場的塵埃，在我的周遭，
古勇士也應慕羨我的際遇，
此地，今朝！

蘇醒！（不是希臘——她早已驚起！）
蘇醒，我的靈魂！問誰是你的
血液的泉源，休辜負這時機，
鼓舞你的勇氣！

丈夫！休教已住的沾戀
夢魘似的壓迫你的心胸，
美婦人的笑與顰的婉戀，
更不當容寵！

再休眷念你的消失的青年，
此地是健兒殉身的鄉土，

聽否戰場的軍鼓，向前，
毀滅你的體膚！

只求一個戰士的墓窟，
收束你的生命，你的光陰；
去選擇你的歸宿的地域，
自此安寧。

他念完了詩句，只覺得遍體的狂熱，壅住了呼吸，他就把外衣脫下，走入水中，向著浪頭的白沫裏聳身一竄，像一隻海豹似的，鼓動著鰭腳，在鐵青色的水波裏泳了出去。……

「衝鋒，衝鋒，跟我來！」

衝鋒，衝鋒，跟我來！這不是早一百年拜倫在希臘梅鎖龍奇臨死前昏迷時說的話？那時他的熱血已經讓冷血的醫生給放完了，但是他的爭自由的旗幟卻還是緊緊的擎在他的手裏。……

再遲八年，一位八十二歲的老翁也在他的解脫前，喊一聲「More light!」

「不夠光亮！」「衝鋒，衝鋒，跟我來！」

火熱的煙灰掉在我的手背上，驚醒了我的出神，我正想開口答覆那位朋友的譏諷，誰知道睜眼看時，他早溜了！

注釋

①即蘇曼殊（1884-1918），近代作家、藝術家，早年留學日本，後為僧。他翻譯過拜倫的作品。

②通譯阿波羅，希臘神話中的太陽神。

③通譯枯瑞忒斯，希臘神話中伴隨瑞亞為宙斯降生尋找安全地方的人。

④通譯朱庇特，羅馬神話中的大神，也即希臘神話中的宙斯。

⑤意為：「什麼是生，什麼是死，我們又是何物。當船隻沉沒，我們也許不復存在。」

⑥通譯朱諾，羅馬神話中朱庇特的妻子，天后；即希臘神話中的赫拉。

⑦愛麗兒，莎士比亞戲劇《暴風雨》中的精靈。

⑧大意是：「朱庇特的閃電，可怕的霹靂的先兆……火光，狂怒喧囂的雷鳴當空劈裂，威風凜凜的尼普頓（羅馬神話中的海神）眼遭圍攻，使他的怒濤膽戰心驚，使他可怕的三叉戟不住地搖晃。」

⑨這位不會泅水的美少年即雪萊。

⑩通譯拉奧孔，希臘神話中阿波羅或波塞冬的祭司。

丹農雪烏

序言

下面是我初讀丹農雪烏（D'Annunzio）的《死城》（The Dead City）後的一段日記：

三月三日，初讀丹農雪烏——辛孟士（Arthur Symons）譯的《死城》，無雙的傑作：是純粹的力與熱；是生命的詩歌與死的讚美的合奏。諧音在太空中回蕩著；是神靈的顯示，不可比況的現象。文字中有錦繡，有金玉，有美麗的火焰；有高山的莊嚴與巍峨；有如大海的濤聲，在寂寞的空靈中嘯吼著無窮的奧義；有如雲，包捲大地，蔽暗長空的雲，掩塞光明，產育風濤；有如風、狂風、暴風、颶風，起因在秋枝上的片葉，一微弱的顫慄，終於潰決大河，剖斷崗嶺。偉大的熱情！無形的醞釀著偉大的，壯麗的悲劇，生與死，勝利與敗滅，光榮與沉淪，陽光與黑夜，帝得與虛無，歡樂與寂寞；絕對的真與美在無底的深潭中；跳呀，勇敢的尋求者！……

我當初的日記是用英文記的，接下去還有不少火熱的讚美，現在我自己看了都覺得耀眼，只得省略了。一個人生命的覺悟與藝術的覺悟，往往是同時來的；這是一個奧妙的消息，霎時的你自己初次感覺了你血管裏的熱液，霎時的你感覺了心臟的跳動；不成形的願望，不可言狀的隱痛，初次在你的心靈中發現；霎時的花瓣的色與香，小鳥的歌音，天邊的雲彩，岩石上攀附著的藤蘿，山澗鋪底的石礫，都呈露了不可解說的嫵媚，不可鉤索的奧義；霎時的你發現你的靈感力增加了敏銳，你的同情心，無限的擴大，你的好奇心又回復了童年時的桀驁與無厭；霎時的你瞭解了你友人的沉默，他眉目間的皺紋，你願意參與他的隱秘，體貼他的煩悶；霎時的你在壁上掛著的畫片中，會悟了不曾領略過的妙趣，也許是臨風的柳絲，也許是聖母懷抱著聖嬰的微笑，也許是牧羊人弄笛時的姿態，也許是稻田中顫動著的陽光；霎時的你也參透了文字的徵象，一箇短的字句，一單獨的狀詞，也許顯示出真與美的神奇的彩澤……這是覺悟，藝術的，也是生命的。

我初讀丹農雪烏的時候，正當我生平最重大的一個關節，也是我在機械教育的桎梏下自求解脫的時期，所以我那時的日記上只是氾濫著洪水，狂竄著烈焰，苦痛的呼聲參和著狂歡的叫響，幻想的希望蜃樓似的隱現著，自艾的煩懣連鎖著自傲的猖狂；現在我翻閱我自己的記載，回想當時的變幻，彷彿是安坐在圓池裏，靜看著舞臺上一幕幕的轉換，幻象中的幻象，傀儡場上的傀儡，我心頭火熱的一方不辨是悲楚的烙痕，還是嘲諷的冰激的反感，此外的一切，正如哈姆雷德在瞑目時說的，只是沉默了。

丹農雪烏著作的英譯本，多半已經絕版；辛孟士是他在英國的一個知己，他的三篇最有名的劇本都是辛孟士親自翻譯的——（一）The Dead City（二）La Gioconda（三）Francesca da Rimini——（一）

（二）是散文，（三）是詩劇。我那時看過了，便不忍放手，但我訪問了無數的書舖，在康橋與倫敦，都是一例的失望，圖書館裏借來的又不便匿據，我發了一個狠，想把三部書一齊翻成中文，回國時也是一件外國帶回來的禮物。我先著手《死城》；花了六個下午與黃昏的工夫，也不顧腕酸與背痛，居然完成了一部，此後我又翻閱了丹農雪烏的小說與詩文，在一月內又草成了一篇粗率的介紹，放在我的書篋內已經有三個年頭，也不知是捨不得，還是難爲情，這一小方的禮物始終不曾送出。這一點子的禮物，即使可算是禮物，實在是太不成體統，此次我在山裏閒著掏出來看時，自己也不覺顏赬：那篇論文是像一個蒸爛的壽桃，也許多少的糯米香還在著，但體態是不堪問的了；那篇譯文是像一個初次進城的村姑。脂粉太濃了不好，鞋襪太素了也不好。最簡便的辦法，當然是不讓露面；最不簡便的辦法，當然是重新來過；但我既不肯犧牲，又沒有勇氣，結果只有修改一法，雖則明知是不能滿意的。

義大利與丹農雪烏

一個民族都有他獨有的天才，對於人類的全體。瑪志尼說的，負有特定的天職，應盡特殊的貢獻。這位熱心的先覺，愛人道愛自由、愛他的種族與文化，在義大利不曾統一以前，屢次宣言他對於本國前途無限的希望。他確信這「第三的義大利」，不但能擺脫外國勢力的羈絆，與消除教會的弊惡，重新規復他民族的尊榮，統一與獨立，並且還能開放他創造的泉源，響應當年羅馬帝國與文藝復興的精神與文采，向西歐文化不絕的洪流，再輸新鮮的貢獻；施展他民族獨有的天才，增益人類的光榮，調諧進化的音節。如今距義大利統一已經半世紀有餘，瑪志尼的預言究竟應驗了不曾？他的期望實現了不曾？知道歐洲文化消長的讀者，不用說，當然是同意肯定的。這第三的義大利，的確是第二度的文藝復興，「他的天才與智力」漢復德教授（Prof.C.H.Herford, The Higher Hind of Italy,1920①）說的，「又是一度的開花與結果，最使我們驚訝的，是他的個性的卓著；新歐的文化，又發現了這樣矯健，活潑的精神，真是可喜的現象。我們隨便翻閱他們新近出版的著述，便可以想像這新精神貫徹他們思想的力量，新起的詩文，亦是蓬勃中有修練，回看十九世紀中期的散漫與懶，這差別是大極了。」

臘丁民族原來是女性的民族，義大利山水的清麗與溫柔，更是天生的優美的文藝的產地。但自文藝復興時期的興奮以後的幾百年間，義大利像是烈焰遺剩下的灰燼，偶爾也許有火星跳動著，再熾的希望，卻是無期的遠著；同時阿爾帕斯北方剛健的民族，不絕的活動著，益發反襯出他們嬌柔的靜默。但如政治統一以來，義大利已經證明她自己當初只是暫時的休憩，並不是精力的消渴，現在偉大的動力又催醒了她潛伏的才能；這位嫵媚的美人，又從她倦眠著的榻上站了起來，用手絹拂拭了他眉目間的倦態，對著豔麗的晨光輾然的微笑。她這微笑的消息是什麼，我們只要看義大利最近的思想與文藝的成就。現在他們的哲學家有克洛賽（Benedetto Croce）與尙蒂爾（Gentile）；克洛賽不僅是現代哲學界的一個大師，他的文藝的評衡學理與方法，也集成了十九世紀評衡學的

精萃，他這幾年只是踞坐在評衡的大交椅上，在他的天平上，重新評定歷代與各國不朽的作品的價值。阿里烏塔（Aliotta）也是一個精闢的學者，他的書——The Idealistic Reaction against Science in the ninteenth century②雖則知道的不多，也是一部極有價值的著作。文藝界新起的彩色，更是卓著：微提③（Verdi）的音樂，沙梗鐵泥（Segantini）的書，卡杜賽④（Carducci）、微迦⑤（Verga）、福加沙路（Fogazzaro）、巴斯古里（Pascoli）與丹農雪烏的詩：都是一代的宗匠，真純的藝術家。

但丹農雪烏在這燦爛的群星中，尤其放射著駭人的異彩，像一顆彗星似的，曳著他光明的長尾，掃掠過遼闊的長天。他是一個怪傑，我只能給他這樣一個不雅訓的名稱。他是詩人，他是小說家，他是戲劇家；他是軍人，他是飛行家；他是演說家，他自居是「大政治家」，他是義大利加入戰爭的一個主因，他是菲滬楣⑥（Fiume）那場惡作劇的主角；他經過一度愛國的大夢，實現過——雖則刹那的——他的「詩翁兼君王」的幻想；他今年六十二歲；瞎了一眼（戰時），折了一腿，但他的精力據說還不曾衰竭；這彗星，在他最後的翳隱前，也許還有一兩次的閃亮。

他是一個異人，我重複的說，我們不能測量他的力量，我們只能驚訝他的成績，他不是像尋常的文人，憑著有限的想像力與有限的創作力，嘗試著這樣與那樣；在他，嘗試便是勝利，他的詩、他的散文、他的戲劇、他的小說，都有獨到的境界，單獨的要求品評與認識。他的筆力有道斯妥奄夫斯基⑦的深澈與悍健，有弗洛貝⑧的嚴密與精審，有康賴特⑨（Joseph Conrad）擒捉文字的本能，有歌德的神韻，有高蒂靄（Theophile Gautier）雕字琢句的天才。他永遠在幻想的颶風中飛舞，永遠在熱情的狂濤中旋轉。他自居是超人；拿破崙的雄圖，最是戟刺他的想像。他是最浪漫的飛行家；他用最精貴的紙張，最端秀的字模，印刷他黃金的文章，駕駛著他最美麗的飛艇，回首向著崇拜他的國民，微笑的飛送了一個再會的手吻，冉冉的沒入了蒼穹，他在滿布著網羅的維也納天空，雪片似的散下他的軟語與強詞，熱情與冷智；他曾想橫渡太平洋，在白雲間飽覽遠東的色彩。他在國會中傾瀉他的雄辯；旋轉義大利的政紐，反鬥德奧，自開戰及訂和約，他是義大利愛國熱的中心，他是國民熱烈的崇拜的偶像，他的家在水市的威尼士；便是江朵蠟（Gondola威尼士渡船名）的船家，每過他的門前，也高高的舉著帽子致敬，「義大利萬歲！丹農雪烏萬歲！」的呼聲，瀰漫在星河似的群島與蛛網似的運河間。他往來的信札，都得編號存記著，因為時常有人偷作紀念。

他生平的蹤跡，聽了只像是一個荒誕的童話。我們單看在菲滬楣時期的丹農雪烏，那時他已經將近六十，但他舉措的荒唐，可以使六歲的兒童失笑。每次他的軍隊占了勝利，他就下令滿城慶祝，他自己也穿了古怪的彩衣，站在電車紮的花樓上，與菲滬楣半狂的群眾，對晃著香檳的高杯，爛醉了一切，遺忘了一切。玫瑰床是一個奢侈的幻想；但我們這位「詩翁君王」的臥房裏與寢榻上，不僅是滿散著玫瑰的鮮花，並且每天還得撤換三次；朝旭初起時是白色，日中天時是緋色，晚霞渲染時是絳色！他的腳步是疾風，他的眼光是閃電，他的出聲如金鉦，他的語勢如飛瀑；這不是狀詞的濫用，這是會過他的人確切的印象；英國人Lewis Hind有一次在威尼士的旅館餐室裏聽他在旁桌上談話，他說除非親自聽著沒有人肯相信或能想像的，即使親自聽著了，比方我自己，他也不容易相信一樣的口與舌，喉管與聲帶，會得溢湧出那樣怒潮與大瀑與疾雷似的語言與音調。

這樣的怪人，只有放縱與奢侈的歐南可以產出，也只有縱容怪僻，崇拜非常如義大利的社會，可以供給他自由的發展與表現的機會。他的著作，就是他異常的人格更真切的寫照；我們看他的作品，彷彿是面對著赤道上的光炎，維蘇維亞⑩的烈焰，或是狂吼著的猛獸。他是近代奢侈、怪誕的文明的一個象徵，他是丹德⑪與米佗朗其羅與菩加怯烏⑫的民族的天才與怪僻的結晶。漢復德教授說：——

……Whose（D'Annunzio's）Personality might be called a brilliant impressionist sketch of the talents and failings of the Italy character, reproducing sense in heightened but veracious illumination, others in glaring cari cature or Paradoxical distortion……⑬

丹農雪烏的青年期

丹農雪烏的故鄉是在愛得利亞海邊上的一個鄉村，叫做早試加拉，阿勃魯棲省（Abruzzi）的一個地方。他出世的年份是一八六三年，距今六十一年。那一帶海邊是荒野的山地，居民是樸實、勇健、粗魯、耐苦，他的父親大概是一個農夫：他的自傳裏說，他的鐵性的肌肉是他父親的遺傳，他的堅強的意志與無厭的熱情是他母親的遺傳，他有三個姊妹，都不像他，他有一個乳娘，老年時退隱在山中，他有一部詩集是題贈給她的，對照著他自己的「狂風暴雨」的生涯，與她的山中生活的安閒與靜定：——

媽媽，你的油燈裏的草心；
緩緩的驕泯，前山
松林中的風聲與後山的蟲吟，
更番的應和著你的紡車
遲遲的呻吟，慰安你的慈心（意譯Dedication of "Il Poema Paradisiaco"）

他在他的自傳《靈魂的遊行》——裏，並沒有詳細的記述他幼年期的事蹟。但他自己所謂「酣徹的肉欲」，他的人格與他的藝術的最主要的元素，在他的童年時已經穎露了。「肉欲」是Sensuality不確切的譯名，這字在這裏應從廣義解釋，不僅是性欲，各種器官的感覺力也是包括在內的。因爲他的官感力特殊的強悍與靈敏，所以他能勘現最秘奥與最微妙的現象與消息，常人的感官所不易領略的境界。他的生命只是一個感官的生命，自然界充滿著神秘的音樂，他有耳能聽精微的色彩，他有目能察馥郁的香與味，他有鼻與舌能辨析人間無窮的隱奥的變幻與結合，他有鋭利的神經能認識、能區別、能通悟。他的視覺在他的器官中尤其是可驚的敏鋭；他的思想的材料，彷彿只是實體的意象，他與法國的綠帝⑭（Pierre Loti）一樣，開口即是想像的比喻。他的性欲的特強，更不必說；這是他的全人格的樞紐，他的藝術創作的靈感的泉源。在他早年的詩裏，我們可以想像一個聰明，活潑的孩子，在他的本鄉的海邊、山上、鄉村裏、田壟間，快活的閒遊著；稻田裏的鳥語，舂米、製乳酪、機梭，種種村舍的音籟，山坡上的牲畜的鳴聲，他聽來都是絕妙的音樂；海，多變幻的愛得利亞海，尤其是他的想像力的保姆與師傅（單就他的寫海的奇文，他已經足夠在文學界裏占一個不朽的地位，史溫龐⑮Swinburne也不如他的深刻與細膩），不但有聲有色的世界，就是最平庸最呆鈍的事物，一經他的靈異的感覺的探檢，也是滿蘊著意義與美妙。單就事物的區別，白石是白石，珊瑚是珊瑚，白菊不是紅楓，青榆不是白楊，——即此「物各有別」的一個抽象概念，也可以給他不可言狀的驚訝與欣喜，彷彿他已經猜透了宇宙的迷謎。

他的青年期當然是他的色情的狂吼時代，性的自覺在尋常人也許是緩漸的，羞怯的發現，在他竟是火岩的炸裂，摧殘了一切的障礙與拘束，在青天裏搖著猛惡的長焰。他在自傳裏大膽的敘述，絕對的招認，好比如餓虎吃了人，滿地血肉狼藉的，他卻還從容的舐淨他的利爪，搖舞著他的勁尾，大吼了幾聲，報告他的成績。「肉呀！」他叫著，我將我自己交付給你，像一個年青無鬚的國王，將他自己交給那美麗的，可怖的，戎裝的女郎，看呀，她來了！她得了勝利回來在歡呼著的市街中莊嚴的走來了。這溫柔的國王，一半是驚，一半是愛，他的希望嘲笑著他的怕懼。這是他的大言：實際上他並不曾單純的縱欲，他不是肉體的奴隸，成年期性欲的衝動，只是解放他的天才的大動力，他自此開始了他的創造的生命。「肉呀，你比如精湛的葡萄被火焰似的腳趾蹂躪著，比如白雪上淋漓著鮮血的蹤跡。」

他第一部的詩集——Primo Vere⑯是他十八歲那年印行的，明年印行他的Canto Novo⑰，又明年他的L'Intermezzo di Rime⑱那時卡杜賽（Carducci）是義大利領袖的詩人，丹農雪烏早年的詩，最受他的影響。他的詞藻，濃豔而有雅度，馥郁而不失逸致，是他私淑卡氏的成績。同時他也印行他的短篇小說，第一本是Terra Virgine⑲一八八二，第二本Il Li bro delle Virgini⑳，第三本San pantaloere㉑，他的材料是他本鄉的野蠻的習俗。他的短篇小說的筆調，與他早年的詩不同，他受莫泊桑的感化，用明淨的點畫寫深刻的心理，但這是他的比較不重要的作品。

他的第二個時期從他初次到羅馬開始。這不凡的少年，初次從他的鄙塞的本鄉來到了最光榮的大城，從他的樸野的伴侶交換了最溫文的社會，從他的粗傖的海濱覿面了最偉大的藝術——我們可以想像這偉大的變遷如何劇烈的影響他正苞放著的詩才，鼓動他的潛伏著的野心。義大利一個有名的評衡家說，「阿勃魯棲給他民族的觀念，羅馬給他歷史的印象」，羅馬不僅是偉大的史跡的見證，不僅是藝術的寶庫，他永遠是人類文化的標準，這是一個朝拜的中心，我們想不起近代的一個詩人或美術家他不曾到這不朽的古城來挹取他需要的靈感。自從義大利政治統一以來，這古城又經一度的再生，當初帝國的威靈，以一度的顯應，意人愛國的狂熱，彷彿化成了千萬的虹彩，在純碧的天空中，臨照著彼得寺與古劇場的遺跡，慶祝第三義大利與羅馬城的千古，卡杜賽一群的詩人，當然也盡力的謳歌，助長愛國的烈焰。丹農雪烏初到羅馬，正當民族主義沸騰的時期，他也就投身在這怒潮中，盡情的傾瀉出他的謳歌的天才，他的「Italianita」（義大利主義）雖則不免偏激，如今看來很是可笑的，但他自此得了大名，引起了全國的注意，隱伏他未來的政治生涯。

丹農雪烏的作品

緊接著羅馬，丹農雪烏又逢到了一個偉大的勢力：他讀了尼采。丹農雪烏的藝術的性靈已經充分的覺悟，憑著他的天賦的特強的肉欲，在物質的世界裏無厭的吸收想像的營養，他也已經發現他自己內在的傾向；愛險、好奇、崇拜權力、愛荒誕與特殊，甚至愛凶狠、愛暴虐、愛勝利與摧殘、愛自我的實現。他是不願走旁人踏平了的道路，他愛投身到荆棘叢中去開闢新蹊，流血是他的快樂，危險是他的想望；超人早已是他潛伏的理想。現在他在尼采的幻想的鏡中，照出了他自己的體魄。他的原來盲目的衝動得到了哲理的解釋，原來糾雜的心緒呈露了聯貫的意義，原來不清切的欲望轉成了靈感他的藝術的淵泉。尼采給了他標準，指示了他途徑。堅強了他的自信，敦促了他的進取。後來尼采死在瘋人院裏，丹農雪烏做了一首輓詩弔他，尊爲「偉大的破壞者，重起希臘的天神於『將來的大門』之前」。尼采是一個「生遲了二千年的希臘人」；所以丹農雪烏自此也景仰古希臘的精神，崇拜奧林配克的天神，偉大、勝利與鎮靜的象徵；純粹的美的尋求成了他的藝術的標的。

但他卻不是尼采全部思想的承襲者；他只節取了他的超人的理想，那也還是他自己主觀的解釋。他的特強的官覺限制了他的推理的能力，他的抽象的思想的貧弱與他的想像力的豐富，一樣的可驚；他是純粹的藝術家。

此後「超人主義」貫徹了他的生活的狀態，也貫徹了他的作品。他的小說與戲劇裏的人物，只是他的理想中的超人的化身，男的是男超人，女的是女超人，靈魂與肉體只是純粹的力的表現，身穿著黃金的衣服，口吐著黃金的詞采，在戀愛的急湍中尋求生命，在現實的世界裏尋求理想。

那時歐洲的文藝界正在轉變的徑程中。法國象徵派詩人，沿著美國的波[22]（Poe）與波特萊亞[23]（Baudelaire）開闢的路徑，專從別致的文字的結構中求別致的聲調與神韻，並且只顧藝術的要求與滿足不避尋常遭忌諱或厭惡的經驗與事實；用慘死的奇芒，囂俄[24]說的，裝潢藝術的天堂；文學裏發現一個新戰慄。高蒂靄的讚美肉體的豔麗的詩章與散文；弗洛貝與左拉的醜惡與卑劣的人生的寫照；斐德[25]與王爾德[26]的唯美主義；道施妥奄夫斯基的深刻的心理病學——都是影響丹農雪烏的主要的元素。他的《無辜者》與《罪與罰》有很明顯的關係；《死的勝利》有逼肖左拉處。

但丹農雪烏雖則儘量的吸收同時代的作者的思想與藝術，他依舊保存著他特有的精彩，他的阿爾帕斯南的拉丁民族的特色，只有俄羅斯可以產生郭郭兒[27]（Gogol），只有法蘭西可以產生法朗司[28]（Anatole Frane），只有英吉利可以產生奧斯丁（Jane Austin），只有義大利可以產生丹農雪烏。北歐民族重理性，尚斂節；南歐民族重本能，喜放縱。丹農雪烏的特長就是他的「酣徹的肉欲」與不可駕馭的衝動，在他生命即是戀愛，戀愛即是藝術。生活便是空白。所有美的事物的美，在他看來，只是一種結構極微妙的實質，從看得見的世界所激起的感覺，快感與痛感，凝合而成的，這消息就在經驗給我們最鋒利的刺激的剎那間。這是他的「人生觀」，這是他的實現自我，發展人格的方法——充分的培養藝術的本能，充分的鼓勵創作的天才，在極深刻的快感與痛感的火焰中精煉我們的生命元素，在直接的經驗的糙石上砥礪我們的生命的纖維。

從一切的經驗中（感官的經驗）領略美的實在；從女性的神秘中領略最純粹的美的實在。女性是天生的藝術的材料，可以接受最幽微的音波的痕跡，可以供詩人的匠心任意的裁制。一個女子將去密會她的情人時的情態；她的語音、她的姿勢，她的突然的奮興，與驟然的中止，她的衣裳洩露著她的肌肉的顫動，她的頰上忽隱忽現的深淺的色澤，她的熱烈的目光放射著戰場上接刃時的情調，她的朱紅的唇縫間偶然逸出的芳息：這是藝術家應該集中他的觀察的現象。

所以他的作品，只是他的變相的自傳，差不多在他的每一部小說裏，我們都可以看出丹農雪烏的化身，在最繁華、最豔麗的環境中，在最咆哮的熱情與最富麗的詞藻中，尋求他的理想的人生的實現。戀愛的熱情永遠是他的職業，他的科學，他的宇宙；不僅是肉體的戀愛，也不僅是由肉體所發現精神的愛情，這都是比較的淺一層的。最是迷蠱他的，他最不能解決的，他最以為神奇的，是一種我們可以姑且稱為絕對的戀愛，是一種超肉體超精神的要求，幾乎是一個玄學的構想。我們知道道施妥奄夫斯基曾經從罪犯的心理中勘求絕對的價值——the absolute value——丹農雪烏是從戀愛中勘求絕對的滿足。這也許是潛伏在人的靈府裏最奧妙亦最強烈的一個欲望，不是平常的心理的探討所能發現的；這是芭蕉的心，只有抽剝了緊裹著的外皮方可微露的。丹農雪烏的工夫就是剝芭蕉的工夫；他從直接的戀愛的經驗中探得了線索與門徑，從劇烈的器官的感覺中烘托出靈魂的輪廓。他的方法所以是徹底的主觀的；他的小說只是心理的描寫：他至多佈置一個相當的背景——地中海的海濱或是威尼士的河中——他絕對的忽略情節與結構，有時竟只是片段的，無事實亦無結局（如Virgins of the Rock㉙），所以他的特長，不在描寫社會，不在描寫人物，而在描寫最變幻，最神奇的自我，有時最親密的好友，有時最惡毒的仇敵，我們最應得瞭解，但實際最不容易認識的——深藏在我們各個人心裏的鬼；他展覽給我們看的是肉欲的止境，戀愛的止境，幾於藝術自身的止境。

所有偉大的著作，多少含有對他的時間反動或抗議的性質。丹農雪烏也曾經一部分人的痛斥，說他的作品是不道德的、猥褻的、獎勵放縱的。但我們也應該知道近代的生活狀態，只是不自然，矯揉的、湮塞本能的。我們的作者也許走了哪一個極端，他不僅求在藝術中實現生命，他要求生活的藝術化：「永遠沉醉在熱情裏」，是他的訓條。他在他的小說「Fervour」裏說「現代的詩人不必厭惡庸俗的群眾，亦不必怨恨環境的拘束」，我們天生有力量在掌握裏的人，就在這個世界上，還是一樣的可以實現我們生命裏的美麗的佳話。我們應該向著漩渦似的生命裏凝神的偵察，像從前達文霽㉚教他的弟子們注視著牆壁上的斑點，火爐裏的灰燼，天上的雲，或是街道上的泥潭，「要看出新

奇的結構與微妙的意義」。他又說「詩人是美的使者，到人間來展覽使人忘一切的神品」。

但他的理想的生活當然是過於偏激的；他的縱欲主義，如其不經過詩的想像的清濾，容易流入醜惡的獸道，他的唯美主義，如其沒有高尚的思想的基築，也容易流入瑣屑的蝕僞。至於他的理想的戀愛的不可能，他自己的小說即是證據，道施妥奄夫斯基求絕對的價值的結果只求著了絕對的虛無，一個淒慘的，可怖的空，他所描寫的縱欲與戀愛的結果也只是不可閃避的慘劇。丹農雪烏與王爾德一樣，偏重了肉體的感覺，他所謂靈魂只是感覺的本體，縱容肉欲（此篇用肉欲處都從廣義釋）最明顯的條件，是受肉的支配；愈縱欲，滿足的要求亦愈迫切，欲亦愈烈，人力所能滿足的止境愈近，人力所不能滿足的境界亦愈露——最後唯一的療法或出路，只是生命本體的滅絕。在《死的勝利》裏，男子與女子的熱戀超過了某程度以後，那男子，他是一個絕對的戀愛的尋求者，便發現了惡兆的思想：

「她所以是我的仇敵，」他想，「她有一天活著——盡她能用她的魔力來迷著我的日子——我就不能踏進我所發現的門限，她永遠牽掣著我……我理想中的新世界、新生命，都只是枉然的。戀愛有一天存在著，地球的軸心總是在單個人的身上，所有的生命也只是包圍在一個狹小的圈子裏，要想站起來，要想打出去，我非脫離戀愛不可——非先將我自己救出敵圍不可。」

他又冥想她死了。「死了以後，她只能做幻夢的資料，到成了一個純粹的理想。她可以不完全的生存，上升到一個完全的永遠平安的居處，她所有的肉體的斑點與欲念，也從此摧殘正是真的佔有，滅絕正是真的不朽，到戀愛裏求絕對的人再沒有第二條路可走。」

「他也明白仇恨著她是不公平的，他知道運數的鐵臂不僅是綰住了他，也綰住了她惱並不是別人的緣故，這是從生命的精髓裏來的。如其戀愛著的人們逢到了這樣的難關，能抱怨誰，他們只能咒詛戀愛自身。戀愛！他的生命的纖維，像鐵屑迎著磁石似的，向著戀愛也不能克制；戀愛是地面上所有不幸事物裏的最淒慘最不幸的一件，但是他活著的日子也逃不了這大不幸。」

「每個靈魂裏載著的戀愛的品質是有限的，戀愛也有消耗盡淨的日子。到了那個最時刻，再沒有方法可以救濟戀愛的死。現在你愛我的時間已經很久；快近兩年了！」

注釋

①即《義大利再度復興》，一九二〇年版。

②即《對十九世紀科學的理想主義的反應》。

③通譯威爾第（1813-1901），義大利歌劇作曲家。

④通譯卡爾杜齊（1835-1907），義大利詩人，一九〇六年諾貝爾文學獎獲得者。

⑤通譯維爾加（1840-1922），義大利小說家和劇作家。

⑥通譯阜姆，亞得里亞海濱港口城市。

⑦通譯陀思妥耶夫斯基（1821-1881），俄國小說家。

⑧通譯福婁拜（1821-1880），法國小說家。

⑨通譯康拉德（1857-1924），波蘭裔的英國小說家。

⑩即維蘇威火山，位於義大利那不勒斯市東南，自西元七十九年噴發以來，曾多次噴發。

⑪通譯但丁（1265-1321），義大利詩人，文藝復興時期人文主義思想家，著有《神曲》等。

⑫通譯薄伽丘（1313-1375），義大利作家，所著《十日談》為歐洲小說開山之祖。

⑬大意是：「……他（鄧南遮）的個性也許可以這樣描述：一個才華橫溢的印象主義的怪人，同時具備了天才和義大利人的弱點，他身上再現了卓著而不容懷疑的天才的光暈，以及笨拙摹仿或荒謬歪曲的弱點……」

⑭通譯皮埃爾•洛蒂（1850-1923），法國小說家，他曾任海軍軍官，到過亞洲、非洲等地，作品帶有異國情調。

⑮通譯史文朋（1837-1909），英國詩人。

⑯即《早春》。

⑰即《新歌》。

⑱即《間奏曲》。

⑲即《處女地》。

⑳即《少女的書》。

㉑即《桑・潘塔萊奧內》。

㉒即愛倫・坡（1809-1849），美國詩人、小說家，法國象徵派詩歌受他作品中的意象的啟發，並以他的創作為範本，創作了現代「純詩歌」的理論。

㉓通譯波特萊爾（1821-1867），法國詩人，象徵派詩歌的代表人物，主要作品有《惡之華》、《散文詩集》等。

㉔通譯雨果（1802-1885），法國作家，浪漫主義文學的代表人物。

㉕通譯佩特（1839-1894），英國散文作家、批評家，唯美主義文學的代表人物。

㉖王爾德（1856-1900），英國作家，唯美主義文學的代表人物。

㉗郭郭兒，通譯果戈理（1809-1852），俄國作家。

㉘法朗司，通譯法朗士（1844-1924），法國作家。

㉙即《危難中的少女們》。

㉚通譯達・文西（1452-1519），義大利文藝復興時期的畫家、雕塑家。

羅曼羅蘭

羅曼羅蘭（Romain Rolland），這個美麗的音樂的名字，究竟代表些什麼？他爲什麼值得國際的敬仰，他的生日爲什麼值得國際的慶祝？他的名字，在我們多少知道他的幾個人的心裏，引起些個什麼？他是否值得我們已經認識他思想與景仰他人格的更親切的認識他，更親切的景仰他；從不曾接近他的趕快從他的作品裏去接近他？

一個偉大的作者如羅曼羅蘭或托爾斯泰，正像是一條大河，它那波瀾，它那曲折，它那氣象，隨處不同，我們不能劃出它的一灣一角來代表它那全流。我們有幸福在書本上結識他們的正比是尼羅河或揚子江沿岸的泥坷，各按我們的受量分沾他們的潤澤的恩惠罷了。說起這兩位作者——托爾斯泰與羅曼羅蘭：他們靈感的泉源是同一的，他們的使命是同一的，他們在精神上有相互的默契（詳後），彷彿上天從不教他的靈光在世上完全滅跡，所以在這普遍的混濁與黑暗的世界內往往有這類稟承靈智的大天才在我們中間指點迷途，啓示光明。但他們也自有他們不同的地方；如其我們還是引申上面這個比喻，托爾斯泰、羅曼羅蘭的前人，就更像是尼羅河的流域，它那兩岸是浩瀚的沙磧，古埃及的墓宮，三角金字塔的映影，高矗的棕櫚類的林木，間或有帳幕的遊行隊，天頂永遠有異樣的明星；羅曼羅蘭、托爾斯泰的後人，像是揚子江的流域，更近人間，更近人情的大河，它那兩岸是青綠的桑麻，是連櫛的房屋，在波鱗裏泅著的是魚是蝦，不是長牙齒的鱷魚，岸邊聽得見的也不是神秘的駝鈴，是隨熟的雞犬聲。這也許是斯拉夫與拉丁民族各有的異稟，在這兩位大師的身上得到更集中的表現，但他們潤澤這苦旱的人間的使命是一致的。

十五年前一個下午，在巴黎的大街上，有一個穿馬路的叫汽車給碰了，差一點沒有死。他就是羅曼羅蘭。那天他要是死了，巴黎也不會怎樣的注意，至多報紙上本地新聞欄裏登一條小字：「汽車肇禍，撞死一個走路的，叫羅曼羅蘭，年四十五歲，在大學裏當過音樂史教授，曾經辦過一種不出名的雜誌叫Cahiers de la Quinzaine①的。」

但羅蘭不死，他不能死；他還得完成他分定的使命。在歐戰爆裂的那一年，羅蘭的天才，五十年來在無名的黑暗裏埋著的，忽然取得了普遍的認識。從此他不僅是全歐心智與精神的領袖，他也是全世界一個靈感的泉源。他的聲音彷彿是最高峰上的崩雪，迴響在遠近的萬壑間。五年的大戰毀了無數的生命與文化的成績，但毀不了的是人類幾個基本的信念與理想，在這無形的精神價值的戰場上，羅蘭永遠是一個不仆的英雄。對著在惡鬥的漩渦裏掙扎著的全歐，羅蘭喊一聲彼此是弟兄，放手！對著蜘網似密佈，疫癘似蔓延的怨恨，仇毒，虛妄，瘋癲，羅蘭集中他孤獨的理智與情感的力量作戰。對著普遍破壞的現象，羅蘭伸出他單獨的臂膀開始組織人道的勢力。對著叫褊淺的國家主義與惡毒的報復本能迷惑住的智識階級，他大聲的喚醒他們應負的責任，要他們恢復思想的獨立，救濟盲目的群眾。「超越於戰場之上」——「Above the Battle Field」——不是在戰場上，在各民族共同的天空，不是在一國的領土內，我們聽得羅蘭的大聲，也就是人道的呼聲，像一陣光明的驟

雨，激鬥著地面上互殺的烈焰。羅蘭的作戰是有結果的，他聯合了國際間自由的心靈，替未來的和平築一層有力的基礎。這是他自己的話：

我們從戰爭得到一個付重價的利益，它替我們聯合了各民族中不甘受流行的種族怨毒支配的心靈。這次的教訓益發激勵他們的精力，強固他們的意志，誰說人類友愛是一個絕望的理想？我再不懷疑未來的全歐一致的結合。我們不久可以實現那精神的統一，這戰爭只是它的熱血的洗禮。

這是羅蘭，勇敢的人道的戰士！當他全國的刀鋒一致向著德人的時候，他敢說不，真正的敵人是你們自己心懷裏的仇毒。當全歐破碎成不可收拾的斷片時，他想像到人類更完美的精神的統一。友愛與同情，他相信，永遠是打倒仇恨與怨毒的利器；他永遠不懷疑他的理想是最後的勝利者。在他的前面有托爾斯泰與道施滔奄夫斯基（雖則思想的形式不同）他的同時有泰戈爾與甘地（他們的思想的形式也不同），他們的立場是在高山的頂上，他們的視域在時間上是歷史的全部，在空間裏是人類的全體，他們的聲音是天空裏的雷震，他們的贈與是精神的慰安。我們都是牢獄裏的囚犯，鐐銬壓住的，鐵欄錮住的，難得有一絲雪亮暖和的陽光照上我們黝黑的臉面，難得有喜雀過路的歡聲清醒我們昏沉的頭腦。「重濁」，羅蘭開始他的《貝德花芬傳》：

重濁是我們周圍的空氣。這世界是叫一種凝厚的污濁的穢息給悶住了……一種卑瑣的物質壓在我們的心裏，壓在我們的頭上，叫所有民族與個人失卻了自由工作的機會。我們會讓掐住了轉不過氣來。來，讓我們打開窗子好叫天空自由的空氣進來，好叫我們呼吸古英雄們的呼吸。

打破我執的偏見來認識精神的統一；打破國界的偏見來認識人道的統一。這是羅蘭與他同理想者的教訓。解脫怨毒的束縛來實現思想的自由；反抗時代的壓迫來恢復性靈的尊嚴。這是羅蘭與他同理想者的教訓。人生原是與苦俱來的；我們來做人的名分不是咒詛人生因為它給我們苦痛，我們正應在苦痛中學習，修養，覺悟，在苦痛中發現我們內蘊的寶藏，在苦痛中領會人生的真際。英雄，羅蘭最崇拜如密仡朗其羅與貝德花芬一類人道的英雄，不是別的，只是偉大的耐苦者。那些不朽的藝術家，誰不曾在苦痛中實現生命，實現藝術，實現宗教，實現一切的奧義？自己是個深感苦痛者，他推致他的同情給世上所有的受苦者；在他這受苦，這耐苦，是二種偉大，比事業的偉大更深沉的偉大。他要尋求的是地面上感悲哀感孤獨的靈魂。「人生是艱難的。誰不甘願承受庸俗，他這輩子就是不斷的奮鬥。並且這往往是苦痛的奮鬥，沒有光彩沒有幸福，獨自在孤單與沉默中掙扎。窮困壓著你，家累累著你，無意味的沉悶的工作消耗你的精力，沒有歡欣，沒有希冀，沒有同

件，你在這黑暗的道上甚至連一個在不幸中伸手給你的骨肉的機會都沒有。」這受苦的概念便是羅蘭人生哲學的起點，在這上面他求築起一座強固的人道的寓所。因此在他有名的傳記裏他用力傳述先賢的苦難生涯，使我們憬悟至少在我們的苦痛裏，我們不是孤獨的，在我們切己的苦痛裏隱藏著人道的消息與線索。「不快活的朋友們，不要過分的自傷，因爲最偉大的人們也曾分嘗味你們的苦味。我們正應得跟著他們的努奮自勉。假如我們覺得軟弱，讓我們靠著他們喘息。他們有安慰給我們。從他們的精神裏放射著精力與仁慈。即使我們不研究他們的作品，即使我們聽不到他們的聲音，單從他們面上的光彩，單從他們曾經生活過的事實裏，我們應得感悟到生命最偉大，最生產——甚至最快樂——的時候是在受苦痛的時候。」

我們不知道羅曼羅蘭先生想像中的新中國是怎樣的；我們不知道爲什麼他特別示意要聽他的思想在新中國的迴響。但如其他能知道新中國像我們自己知道它一樣，他一定感覺與我們更密切的同情，更貼近的關係，也一定更急急的伸手給我們握著——因爲你們知道，我也知道，什麼是新中國只是新發現的深沉的悲哀與苦痛深深的盤伏在人生的底裏！這也許是我個人新中國的解釋；但如其有人拿一些時行的口號，什麼打倒帝國主義等等，或是分裂與猜忌的現象，去報告羅蘭先生說這是新中國，我再也不能預料他的感想了。

我已經沒有時候與地位敘述羅蘭的生平與著述；我只能匆匆的略說梗概。他是一個音樂的天才，在幼年音樂便是他的生命。他媽教他琴，在諧音的波動中他的童心便發現了不可言喻的快樂。莫察德②與貝德花芬是他最早發現的英雄。所以在法國經受普魯士戰爭愛國主義最高激的時候，這位年輕的聖人正在「敵人」的作品中嘗味最高的藝術。他的自傳裏寫著：

「我們家裏有好多舊的德國音樂書。德國？我懂得那個字的意義。在我們這一帶我相信德國人從沒有人見過的。我翻著那一堆舊書，爬在琴上拼出一個個的音符。這些流動的樂音，諧調的細流灌溉著我的童心，像雨水漫入泥土似的淹了進去。莫察德與貝德花芬的快樂與苦痛，想望的幻夢，漸漸的變成了我的肉的肉，我的骨的骨。我是它們，它們是我。要沒有它們我怎過得了我的日子？我小時生病危殆的時候，莫察德的一個調子就像愛人似的貼近我的枕衾看著我。長大的時候，每回逢著懷疑與懊喪，貝德花芬的音樂又在我的心裏撥旺了永久生命的火星。每回我精神疲倦了，或是心上有不如意事，我就找我的琴去，在音樂中洗淨我的煩愁。」

要認識羅蘭的不僅應得讀他神光煥發的傳記，還得讀他十卷的Jean Christophe（《約翰・克利斯朵夫》），在這書裏他描寫他的音樂的經驗。

他在學堂裏結識了莎士比亞，發現了詩與戲劇的神奇。他的哲學的靈感，與歌德一樣，是泛神主義的斯賓諾塞。他早年的朋友是近代法國三大詩人：克洛岱爾（Paul Claudel法國駐日大使），Ande Suares，與Charles Peguy（後來與他同辦Cahiers de la Quinzaine）。槐格納③是壓倒一時的天才，也是羅蘭與他少年朋友們的英雄。但在他個人更重要的一個影響是托爾斯泰。他早就讀他的著作，十分

的愛慕他，後來他念了他的《藝術論》，那隻俄國的老象——用一個偷來的比喻——走進了藝術的花園裏去，左一腳踩倒了一盆花，那是莎士比亞，右一腳又踩倒了一盆花，那是貝德花芬，這時候少年的羅曼羅蘭走到了他的思想的歧路了。莎氏、貝氏、托氏，同是他的英雄，但托氏憤憤的申斥莎、貝一流的作者，說他們的藝術都是要不得，不相干的，不是真的人道的藝術——他早年的自己也是要不得不相干的。在羅蘭一個熱烈的尋求真理者，這來就好似青天裏一個霹靂；他再也忍不住他的疑慮。他寫了一封信給托爾斯泰，陳述他的衝突的心理。他那年二十二歲。過了幾個星期羅蘭差不多把那信都忘了，一天忽然接到一封郵件：三十八滿頁寫的一封長信，偉大的托爾斯泰的親筆給這不知名的法國少年的！「親愛的兄弟，」那六十老人稱呼他，「我接到你的第一封信，我深深的受感在心。我念你的信，淚水在我的眼裏。」下面說他藝術的見解：我們投入人生的動機不應是為藝術的愛，而應是為人類的愛。只有經受這樣靈感的人才可以希望在他的一生實現一些值得一做的事業。這還是他的老話，但少年的羅蘭受深徹感動的地方是在這一時代的聖人竟然這樣懇切的同情他，安慰他，指示他，一個無名的異邦人。他那時的感奮我們可以約略想像。因此羅蘭這幾十年來每逢少年人寫信給他，他沒有不親筆作覆，用一樣慈愛誠摯的心對待他的後輩。這來受他的靈感的少年人更不知多少了。這是一件含獎勵性的事實。我們從可以知道凡是一件不勉強的善事就比如春天的熏風，它一路來散佈著生命的種子，喚醒活潑的世界。

但羅蘭那時離著成名的日子還遠，雖則他從幼年起只是不懈的努力。他還得經嘗身世的失望

（他的結婚是不幸的，近三十年來他幾於是完全隱士的生涯，他現在瑞士的魯山，聽說與他妹子同居），種種精神的苦痛，才能實受他的勞力的報酬——他的天才的認識與接受。他寫了十二部長篇劇本，三部最著名的傳記（密佗朗其羅、貝德花芬、托爾斯泰），十大篇Jean Christophe，算是這時代裏最重要的作品的一部，還有他與他的朋友辦了十五年灰色的雜誌，但他的名字還是在晦塞的灰堆裏掩著——直到他將近五十歲那年，這世界方才開始驚訝他的異彩。貝德花芬有幾句話，我想可以一樣適用到一生勞悴不怠的羅蘭身上：

我沒有朋友，我必得單獨過活；但是我知道在我心靈的底裏上帝是近著我，比別人更近。我走近他我心裏不害怕，我一向認識他的。我從不著急我自己的音樂，那不是壞運所能顛撲的，誰要能懂得它，它就有力量使他解除磨折旁人的苦惱。

注釋

①即《半月叢刊》。

②即莫札特（1756-1791），奧地利作曲家。

③通譯華格納（1819-1883），德國作曲家。

詩歌篇

我有一個戀愛

我有一個戀愛，
我愛天上的明星，
我愛他們的晶瑩；——
　人間沒有這異樣的神明！

在冷峭的暮冬的黃昏，
在寂寞的灰色的清晨，
在海上，在風雨後的山頂；——
　永遠有一顆，萬顆的明星！

山澗邊小草花的知心，
高樓上小孩童的歡欣，
旅行人的燈亮與南針；——
　萬萬里外閃爍的精靈！

我有一個破碎的靈魂，
像一堆破碎的水晶，
散佈在荒野的枯草裏；——
飽啜你一瞬瞬的殷勤。

人生的冰激與柔情，
我也曾嘗味，我也曾容忍，
有時階砌下蟋蟀的秋吟；——
引起我心傷，逼迫我淚零。

我袒露我的坦白的胸襟，
獻愛與一天的明星；
任憑人生是幻是真，
地球存在或是消泯；——
太空中永遠有不昧的明星！

為要尋一顆明星

我騎著一匹拐腿的瞎馬，
　向著黑夜裡加鞭；——
向著黑夜裡加鞭，
我騎著一匹拐腿的瞎馬。

我衝入這黑綿綿的昏夜，
　為要尋一顆明星；——
為要尋一顆明星，
我衝入這黑茫茫的荒野。

累壞了，累壞了我胯下的牲口，
　那明星還不出現；——
那明星還不出現，
累壞了，累壞了馬鞍上的身手。

這回天上透出了水晶似的光明，
荒野裡倒著一隻牲口，
黑夜裡躺著一具屍首。
這回天上透出了水晶似的光明！

她是睡著了

她是睡著了——
星光下一朵斜欹的白蓮，
她入夢境了，——
香爐裏裊起一縷碧螺煙。

她是眠熟了——
澗泉幽抑了喧響的琴弦，
她在夢鄉了——
粉蝶兒，翠蝶兒，翻飛的歡戀。

停匀的呼吸：
清芬滲透了她的周遭的清氛；
有福的清氛，
懷抱著，撫摩著，她纖纖的身形！

奢侈的光陰！
靜，沙沙的盡是閃亮的黃金，
平鋪著無垠，
波鱗間輕漾著光豔的小艇。

醉心的光景！
給我披一件彩衣，啜一罈芳醴，
折一枝藤花，
舞，在葡萄叢中顛倒，昏迷。

看呀，美麗！
三春的顏色移上了她的香肌，
是玫瑰，是月季，
是朝陽裏水仙，鮮妍，芳菲！

夢底的幽秘，

挑逗著她的心——純潔的靈魂——
　像一隻蜂兒，
在花心恣意的唐突——溫存。

　童真的夢境！
靜默，休教驚斷了夢神的殷勤；
　抽一絲金絡，
抽一絲銀絡，抽一絲晚霞的紫曛；
　玉腕與金梭，
織縑似的精審，更番的穿度——
　化生了彩霞，
神闕，安琪兒的歌，安琪兒的舞。

　可愛的梨渦，
解釋了處女的夢境的歡喜，

像一顆露珠，
顫動的，在荷盤中閃耀著晨曦。

落葉小唱

一陣聲響轉上了階沿，
（我正挨近著夢鄉邊；）
這回準是她的腳步了，我想——
　在這深夜！

一聲剝啄在我的窗上，
（我正靠緊著睡鄉旁；）
這準是她來鬧著玩——你看，
　我偏不張惶！

一個聲息貼近我的床，
我說（一半是睡夢，一半是迷惘：）——
「你總不能明白我，你又何苦
　多叫我心傷！」

一聲喟息落在我的枕邊，
（我已在夢鄉裡留戀；）
「我負了你！」你說——你的熱淚
　　燙著我的臉！

這音響惱著我的夢魂，
（落葉在庭前舞，一陣，又一陣；）
夢完了，呵，回復清醒；惱人的——
　　卻只是秋聲！

雪花的快樂

假若我是一朵雪花，
翩翩的在半空裡瀟灑，
我一定認清我的方向——
飛揚，飛揚，飛揚，——
這地面上有我的方向。

不去那冷寞的幽谷，
不去那淒清的山麓，
也不上荒街去惆悵——
飛揚，飛揚，飛揚，——
你看，我有我的方向！

在半空裡娟娟的飛舞，
認明了那清幽的住處，

等著她來花園裡探望——

　飛揚，飛揚，飛揚，——

啊，她身上有硃砂梅的清香！

那時我憑藉我的身輕，

盈盈的，沾住了她的衣襟，

貼近她柔波似的心胸——

　消溶，消溶，消溶——

溶入了她柔波似的心胸。

翡冷翠的一夜

你真的走了，明天？那我，那我，……
你也不用管，遲早有那一天；
你願意記著我，就記著我，
要不然趁早忘了這世界上
有我，省得想起時空著惱，
只當是一個夢，一個幻想；
只當是前天我們見的殘紅，
怯憐憐的在風前抖擻，一瓣，
兩瓣，落地，叫人踩，變泥……
唉，叫人踩，變泥——變了泥倒乾淨，
這半死不活的才叫是受罪，
看著寒傖，累贅，叫人白眼——
天呀！你何苦來，你何苦來……
我可忘不了你，那一天你來，

就比如黑暗的前途見了光彩，
你是我的先生，我愛，我的恩人，
你教給我什麼是生命，什麼是愛，
你驚醒我的昏迷，償還我的天真。
沒有你我哪知道天是高，草是青？
你摸摸我的心，它這下跳得多快；
再摸我的臉，燒得多焦，虧這夜黑
看不見；愛，我氣都喘不過來了，
別親我了；我受不住這烈火似的活，
這陣子我的靈魂就像是火磚上的
熟鐵，在愛的槌子下，砸，砸，火花
四散的飛灑……我暈了，抱著我，
愛，就讓我在這兒清靜的園內，
閉著眼，死在你的胸前，多美！
頭頂白樹上的風聲，沙沙的，
算是我的喪歌，這一陣清風，

橄欖林裏吹來的，帶著石榴花香，
就帶了我的靈魂走，還有那螢火，
多情的殷勤的螢火，有他們照路，
我到了那三環洞的橋上再停步，
聽你在這兒抱著我半暖的身體，
悲聲的叫我，親我，搖我，咂我，……
我就微笑的再跟著清風走，
隨他領著我，天堂，地獄，哪兒都成，
反正丟了這可厭的人生，實現這死
在愛裏，這愛中心的死，不強如
五百次的投生？……自私，我知道，
可我也管不著……你伴著我死？
什麼，不成雙就不是完全的「愛死」，
要飛升也得兩對翅膀兒打夥，
進了天堂還不一樣的要照顧，
我少不了你，你也不能沒有我；

要是地獄，我單身去你更不放心，
你說地獄不定比這世界文明
（雖則我不信，）像我這嬌嫩的花朵，
難保不再遭風暴，不叫雨打，
那時候我喊你，你也聽不分明，——
那不是求解脫反投進了泥坑，
倒叫冷眼的鬼串通了冷心的人，
笑我的命運，笑你懦怯的粗心？
這話也有理，那叫我怎麼辦呢？
活著難，太難，就死也不得自由，
我又不願你為我犧牲你的前程……
唉！你說還是活著等，等那一天！
有那一天嗎？——你在，就是我的信心；
可是天亮你就得走，你真的忍心
丟了我走？我又不能留你，這是命；
但這花，沒陽光曬，沒甘露浸，

不死也不免瓣尖兒焦萎，多可憐！
你不能忘我，愛，除了在你的心裏，
我再沒有命；是，我聽你的話，我等，
等鐵樹兒開花我也得耐心等；
愛，你永遠是我頭頂的一顆明星：
要是不幸死了，我就變一個螢火，
在這園裏，挨著草根，暗沉沉的飛，
黃昏飛到半夜，半夜飛到天明，
只願天空不生雲，我望得見天
天上那顆不變的大星，那是你，
但願你為我多放光明，隔著夜，
隔著天，通著戀愛的靈犀一點……

偶然

我是天空裏的一片雲，
偶爾投影在你的波心——
　你不必訝異，
　更無須歡喜——
在轉瞬間消滅了蹤影。

你我相逢在黑夜的海上，
你有你的，我有我的，方向；
　你記得也好，
　最好你忘掉，
在這交會時互放的光亮！

半夜深巷琵琶

又被它從睡夢中驚醒，深夜裏的琵琶！
　是誰的悲思，
　是誰的手指，
像一陣淒風，像一陣慘雨，像一陣落花，
　在這夜深深時，
　在這睡昏昏時，
挑動著緊促的弦索，亂彈著宮商角徵，
　和著這深夜，荒街，
　柳梢頭有殘月掛，
啊，半輪的殘月，像是破碎的希望他，他
　頭戴一頂開花帽，
　身上帶著鐵鏈條，
在光陰的道上瘋了似的跳，瘋了似的笑，
　完了，他說，吹糊你的燈，

她在墳墓的那一邊等，
等你去親吻，等你去親吻，等你去親吻！

再別康橋

輕輕的我走了，
　正如我輕輕的來；
我輕輕的招手，
　作別西天的雲彩。

那河畔的金柳，
　是夕陽中的新娘；
波光裡的豔影，
　在我的心頭蕩漾。

軟泥上的青荇，
　油油的在水底招搖；
在康河的柔波裡，
　我甘心做一條水草！

那榆蔭下的一潭，

不是清泉，是天上虹
揉碎在浮藻間，
沉澱著彩虹似的夢。

尋夢？撐一支長篙，
向青草更青處漫溯，
滿載一船星輝，
在星輝斑斕裡放歌。

但我不能放歌，
悄悄是別離的笙簫；
夏蟲也為我沉默，
沉默是今晚的康橋。

悄悄的我走了，
正如我悄悄的來；
我揮一揮衣袖，
不帶走一片雲彩。

我不知道風是在那一個方向吹

我不知道風
是在那一個方向吹——
我是在夢中，
在夢的輕波裏依洄。

我不知道風
是在那一個方向吹——
我是在夢中，
她的溫存，我的迷醉。

我不知道風
是在那一個方向吹——
我是在夢中，
甜美是夢裏的光輝。

我不知道風
是在那一個方向吹——
我是在夢中，
她的負心，我的傷悲。

我不知道風
是在那一個方向吹——
我是在夢中，
在夢的悲哀裏心碎！

我不知道風
是在那一個方向吹——
我是在夢中，
黯淡是夢裏的光輝。

雲遊

那天你翩翩的在空際雲遊，
自在，輕盈，你本不想停留
在天的那方或地的那角，
你的愉快是無攔阻的逍遙。

你更不經意在卑微的地面
有一流澗水，雖則你的明艷
在過路時點染了他的空靈，
使他驚醒，將你的倩影抱緊。

他抱緊的只是綿密的憂愁，
因為美不能在風光中靜止；
他要，你已飛度萬重的山頭，
去更闊大的湖海投射影子！

他在為你消瘦，那一流澗水，
在無能的盼望，盼望你飛回！

拜獻

山，我不讚美你的壯健，
海，我不歌詠你的闊大，
風波，我不頌揚你威力的無邊；
但那在雪地裏掙扎的小草花，
路旁冥盲中無告的孤寡，
燒死在沙漠裏想歸去的雛燕，——
給他們，給宇宙間一切無名的不幸，
我拜獻，拜獻我胸脅間的熱，
管裏的血，靈性裏的光明；
我的詩歌——在歌聲嘹亮的一俄頃，
天外的雲彩為你們織造快樂，
　起一座虹橋，
　指點著永恆的逍遙，
在嘹亮的歌聲裏消納了無窮的苦厄！

徐志摩作品精選：1

翡冷翠山居閒話【經典新版】

作者：徐志摩
發行人：陳曉林
出版所：風雲時代出版股份有限公司
地址：10576台北市民生東路五段178號7樓之3
電話：(02) 2756-0949
傳真：(02) 2765-3799
執行主編：朱墨菲
美術設計：吳宗潔
行銷企劃：林安莉
業務總監：張瑋鳳

初版日期：2018年12月
ISBN：978-986-352-645-2

風雲書網：http://www.eastbooks.com.tw
官方部落格：http://eastbooks.pixnet.net/blog
Facebook：http://www.facebook.com/h7560949
E-mail：h7560949@ms15.hinet.net
劃撥帳號：12043291
戶名：風雲時代出版股份有限公司

風雲發行所：33373桃園市龜山區公西村2鄰復興街304巷96號
電話：(03) 318-1378
傳真：(03) 318-1378
法律顧問：永然法律事務所 李永然律師
北辰著作權事務所 蕭雄淋律師

行政院新聞局局版台業字第3595號 營利事業統一編號22759935
©2018 by Storm & Stress Publishing Co.Printed in Taiwan
◎ 如有缺頁或裝訂錯誤，請退回本社更換

定價：220元
版權所有 翻印必究

國家圖書館出版品預行編目資料

徐志摩作品精選：1 翡冷翠山居閒話 經典新版 / 徐志摩著. -- 初版. -- 臺北市 : 風雲時代, 2018.11 面 ; 公分

ISBN 978-986-352-645-2（平裝）

848.4 107016514

風雲時代

風雲時代 風雲時代 風雲時代 風雲時代 風雲時代 風雲時代 風雲時代
雲時代 風雲時代 風雲時代 風雲時代 風雲時代 風雲時代 風雲時代 風
風雲時代 風雲時代 風雲時代 風雲時代 風雲時代 風雲時代 風雲時代
雲時代 風雲時代 風雲時代 風雲時代 風雲時代 風雲時代 風雲時代 風
風雲時代 風雲時代 風雲時代 風雲時代 風雲時代 風雲時代 風雲時代
雲時代 風雲時代 風雲時代 風雲時代 風雲時代 風雲時代 風雲時代 風
風雲時代 風雲時代 風雲時代 風雲時代 風雲時代 風雲時代 風雲時代
雲時代 風雲時代 風雲時代 風雲時代 風雲時代 風雲時代 風雲時代 風
風雲時代 風雲時代 風雲時代 風雲時代 風雲時代 風雲時代 風雲時代
雲時代 風雲時代 風雲時代 風雲時代 風雲時代 風雲時代 風雲時代 風
風雲時代 風雲時代 風雲時代 風雲時代 風雲時代 風雲時代 風雲時代
雲時代 風雲時代 風雲時代 風雲時代 風雲時代 風雲時代 風雲時代 風
風雲時代 風雲時代 風雲時代 風雲時代 風雲時代 風雲時代 風雲時代
雲時代 風雲時代 風雲時代 風雲時代 風雲時代 風雲時代 風雲時代 風
風雲時代 風雲時代 風雲時代 風雲時代 風雲時代 風雲時代 風雲時代
雲時代 風雲時代 風雲時代 風雲時代 風雲時代 風雲時代 風雲時代 風
風雲時代 風雲時代 風雲時代 風雲時代 風雲時代 風雲時代 風雲時代
雲時代 風雲時代 風雲時代 風雲時代 風雲時代 風雲時代 風雲時代 風
風雲時代 風雲時代 風雲時代 風雲時代 風雲時代 風雲時代 風雲時代
雲時代 風雲時代 風雲時代 風雲時代 風雲時代 風雲時代 風雲時代 風
風雲時代 風雲時代 風雲時代 風雲時代 風雲時代 風雲時代 風雲時代
雲時代 風雲時代 風雲時代 風雲時代 風雲時代 風雲時代 風雲時代 風
風雲時代 風雲時代 風雲時代 風雲時代 風雲時代 風雲時代 風雲時代
雲時代 風雲時代 風雲時代 風雲時代 風雲時代 風雲時代 風雲時代 風
風雲時代 風雲時代 風雲時代 風雲時代 風雲時代 風雲時代 風雲時代
雲時代 風雲時代 風雲時代 風雲時代 風雲時代 風雲時代 風雲時代 風
風雲時代 風雲時代 風雲時代 風雲時代 風雲時代 風雲時代 風雲時代
雲時代 風雲時代 風雲時代 風雲時代 風雲時代 風雲時代 風雲時代 風
風雲時代 風雲時代 風雲時代 風雲時代 風雲時代 風雲時代 風雲時代
雲時代 風雲時代 風雲時代 風雲時代 風雲時代 風雲時代 風雲時代 風
風雲時代 風雲時代 風雲時代 風雲時代 風雲時代 風雲時代 風雲時代
雲時代 風雲時代 風雲時代 風雲時代 風雲時代 風雲時代 風雲時代 風
風雲時代 風雲時代 風雲時代 風雲時代 風雲時代 風雲時代 風雲時代
雲時代 風雲時代 風雲時代 風雲時代 風雲時代 風雲時代 風雲時代 風
風雲時代 風雲時代 風雲時代 風雲時代 風雲時代 風雲時代 風雲時代
雲時代 風雲時代 風雲時代 風雲時代 風雲時代 風雲時代 風雲時代 風
風雲時代 風雲時代 風雲時代 風雲時代 風雲時代 風雲時代 風雲時代
雲時代 風雲時代 風雲時代 風雲時代 風雲時代 風雲時代 風雲時代 風
風雲時代 風雲時代 風雲時代 風雲時代 風雲時代 風雲時代 風雲時代
雲時代 風雲時代 風雲時代 風雲時代 風雲時代 風雲時代 風雲時代 風
風雲時代 風雲時代 風雲時代 風雲時代 風雲時代 風雲時代 風雲時代
雲時代 風雲時代 風雲時代 風雲時代 風雲時代 風雲時代 風雲時代 風
風雲時代 風雲時代 風雲時代 風雲時代 風雲時代 風雲時代 風雲時代